快樂的人
看書
並喝咖啡

Les gens heureux lisent et boivent du café

by

Agnès Martin-Lugrand

阿涅伊絲・馬丹－呂崗——著　邱瑞鑾——譯

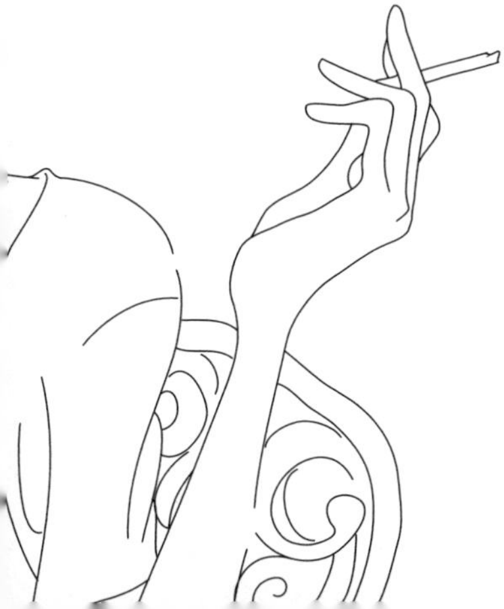

獻給

紀堯姆，以及西蒙・安佐，他們是我的生命。

我們打算以一段時間來超越傷痛，
我們認為擾亂這個時間的進程是不合時宜，甚至是有害的。

（佛洛伊德論哀悼，參見「形上心理學」之《哀悼與憂鬱》）

1

「媽媽，拜託啦，讓我去嘛！」

「克拉拉，我說不行就是不行。」

「好啦，黛安，讓她跟我一起去吧。」

「柯藍，別拿我當傻子，要是克拉拉和你去，你們兩個會拖拖拉拉的，我們就會晚三天去度假。」

「那妳也一起來，妳來監視我們嘛！」

「這是不可能的，你沒看到我在這裡有這麼多事要做？」

「那就更有理由讓克拉拉和我一起去了，這樣就沒人打擾妳。」

「媽媽，好啦！」

「好吧，你們就走吧，快！我不想再看到你們了！」

他們下樓的時候在樓梯間裡嬉嬉鬧鬧，我後來聽說當卡車撞上他們的時候，他們還在車子裡玩鬧。我對自己說，他們死的時候是笑著的。我對自己說，我眞恨不得跟他們在一起。

這一年來，我每天都對自己說，我眞想跟他們一起死。但是我的心臟還是頑強地跳個不停。現在，我還好好地活著。這是我的大不幸。

我躺在沙發上，看著從我的香菸散出來的煙圈，這時候我家大門忽然打了開來。菲利斯再也不等我請他上門，就自己登堂入室。他就這樣進了門，事先都沒說一聲。他每天都會來。誰教我自己當初要給他家裡鑰匙的？

他進門讓我嚇了一跳，菸灰掉落在我的睡衣上。我吹口氣，把菸灰吹到地上。不想看到他例行整理起內務，我走進廚房裡爲自己塡充咖啡因。

回到客廳以後，所有的東西都在原位。菸灰缸裡滿滿是菸蒂，矮桌上堆滿了空杯子、外帶食物的盒子和瓶子。菲利斯坐在椅子上，雙腿交疊，直直盯著我看。看他神情這麼嚴肅讓我困窘了一會兒，不過，最讓我訝異的是他的穿著。他爲什麼穿起西裝來？他破了洞的牛仔褲，和鬆垮舒適的T恤哪裡去了？

「你這身打扮是要去哪裡？是參加婚禮，還是葬禮？」

「現在幾點了？」

「你沒有回答我的問題。我才不在乎現在幾點。你打扮成這樣是要勾引年輕男孩嗎？」

「我還寧願像妳說的。現在是下午兩點了，妳該去洗個澡，打扮一下。妳不能這樣子去那裡。」

「你要我去哪裡呀？」

「動作快點，妳爸爸媽媽，還有柯藍的爸爸媽媽都在等我們。我們一個小時後要跟他們會合。」

我的身體起了一陣寒顫，我的兩隻手不由自主地發著抖，焦慮攀上了心頭。

「我不會去的，我不會去墓園的。你聽見了嗎？」

「爲了他們去一趟吧。」菲利斯輕聲對我說，「去向他們致意，已經一年了，妳今天該去一下，每個人都會支持妳的。」

「我不要別人的支持。我拒絕出席這種沒有意義的追思會。你想我會慶祝他們的忌日？」

我的聲音哽咽，今天的第一滴眼淚就這麼流了下來。在淚眼婆娑中，我看見菲利斯站了起來，走到我身邊來。他兩隻手臂懷繞著我的身體，緊緊地把我擁在懷中。

「黛安，拜託妳爲了他們去一趟吧。」

我用力推開他。

「我說不要就是不要，你沒聽見嗎？你走吧！」我大喊著說，同時看見他又往我的方向走近一步。

我跑進我房間裡。雖然我兩手發抖，還是把房門鎖上了。我背靠著房門，跌坐在地上，把兩腿緊抱在胸前。菲利斯的嘆息聲打破了公寓的靜默。

「我晚上再來看妳。」

「我不想再看到你。」

「至少去洗個澡，要不然就由我來抓妳去沖個澡。」

他的腳步聲遠離，門砰一聲關上的聲音表示他終於離開了。

我把頭久久地埋在兩膝中，然後抬起頭來看著我的床。我用爬的爬到床邊去。

我爬上了床，把自己裹在棉被裡。每每在棉被裡，我的鼻子總是搜尋著柯藍的味道。

即使我從來沒換過床單，但味道還是消失了。我渴望聞到他的味道。我想忘記醫院裡的味道，忘記我最後一次把自己的頭埋在他脖子裡時，他皮膚上泛著那股死亡的味道。

我想要睡覺，睡眠會讓我遺忘。

一年前，菲利斯陪我來到急診處，我人才剛到就有人跟我說來不及了，我女兒已經死在救護車上。聽到消息，我才嘔吐完，醫生就緊接著告訴我柯藍的情況也不樂觀，他最多只能再拖過幾個小時。如果我要跟他訣別，就要趕快。我想大叫，對醫生大叫說他們欺騙我，但我叫也叫不出來。我像是掉進了一個噩夢裡，我想讓自己相信等一下就會從噩夢裡醒過來。但這時有位護士走來領著我們往柯藍所在的病房去。從我走進他病房的這一刻起，每個字、每個姿勢都深深刻在我腦海裡。柯藍躺在病床上，全身以管線連接在一堆發著聲音、閃著光的機器上。他的身體幾乎不能動彈，臉上滿是瘀傷。看著他的情況，我僵直了好幾分鐘。菲利斯緊緊跟在我身邊，他在場讓我不至於癱倒在地。柯藍微微把頭轉向我這邊，他的眼睛直對著我眼睛看。他用盡力氣擠出一個微笑。他的微笑讓我有力氣走到他身邊。我執起他的手，他的手緊緊握住我。

「妳應該去陪克拉拉。」他艱難地對我說。

「柯藍，克拉拉她……」

「她人在手術室。」菲利斯打斷了我的話。

我抬起頭看菲利斯，他則避開我的眼光，對著柯藍微笑。這時，我耳朵裡轟轟然，我身體的每個部分都發起抖來，眼裡也一片朦朧。我感覺到柯藍的手握得我更緊。我看著他，他則聽著菲利斯告訴他克拉拉的消息，跟他說克拉拉會好起來。這個謊言猛然帶我回到現實。柯藍啞著嗓子說他沒看到卡車開過來，他正跟克拉拉唱著歌。我說不出話來。我彎腰向著他，用手撫著他的頭髮、他的額頭。他又把臉轉向我。我的眼淚讓我看不清他的臉，他已經開始消失了，我覺得透不過氣來。他舉起手，把手放在我臉頰上。

「別哭，我的愛，」他對我說，「別哭了，妳聽見菲利斯說的了，克拉拉很需要妳。」

我逃避不了他這個因克拉拉而充滿希望的目光。

「但是你呢？」我終於說出了這幾個字。

「克拉拉比較重要。」他一邊說，一邊拭去我臉頰上的一滴淚。

我哭得更是厲害，我把臉頰緊緊靠在他還溫熱的手掌中。他人還在這兒，還在。

我緊緊抓住這個「還在」。

「柯藍，我不能失去你。」我低聲對他說。

「妳不是單獨一個人，妳還有克拉拉，而且菲利斯會照顧妳們。」

我搖搖頭，不敢看他。

「我的愛，一切都會沒事的，妳要爲我們的女兒勇敢地活下去……」

他的聲音突然斷了，我驚慌地抬起頭來。他看起來好疲倦。他爲我使盡了全部的力量，一直都是這樣。我靠近他懷裡想擁抱他，他以他僅剩的些微生命回應我。

我接著躺臥在他身邊，幫助他把頭靠著我的頭。只要他還在我懷裡，他就不能離開我。柯藍最後一次在我耳邊低訴他愛我，在我對他說我也愛他之後，他便平靜地走了。我依然把他抱在懷中，持續好幾個小時，我搖搖他，親親他，聞聞他的味道。

我爸爸媽媽試著讓我離開，我大叫著拒絕了。柯藍的爸爸媽媽也來看他們的兒子，我沒讓他們碰柯藍。柯藍只屬於我的。菲利斯很有耐心地使我讓了步。他花了很多時間讓我平靜下來，而且提醒我，我也該去跟克拉拉訣別。我的女兒一直都是這世界上唯一能讓我和柯藍分開的人，死亡並沒有改變這件事。我緊緊抓著的手終於鬆開了他的身體。我最後一次把唇印在他的唇上，然後離開了病房。

我淚眼婆娑的來到克拉拉所在之處。直走到了門前，我才有所反應。

「不，」我對菲利斯說，「我不能看她。」

「黛安，妳必須去看她。」

我眼睛看著門，倒退走了幾步，然後忽然在醫院的長廊裡奔跑起來。我拒絕看我死去的女兒。我只想在回憶中保有她的微笑、她鬈曲的金色頭髮在她臉龐四周飛揚、她靈慧的眼神，還有她早上和她爸爸一起出門前的神情。

今天，就像這一年以來，我們的公寓裡總是一片寂靜。沒有音樂、沒有歡笑、再沒有說不完的話。

我的腳步不由自主地走向克拉拉的房間。房間裡一片粉紅色。從我知道我們即將迎接女兒的誕生時，我就決定了她的房間整個要以粉紅色做裝潢。柯藍想盡辦法要我改變主意，但都沒成功。我還是堅持要粉紅色。

房間裡，我什麼也沒動，沒動她捲成一團的被子，也沒動她散落四處的玩具。她的睡衣還掉在地上，她在假期時用來裝洋娃娃的小行李箱也都還在原地。不過，房裡少了兩個絨毛玩具，一個和她一起離開了，另一個每天晚上伴我一起入眠。

靜悄悄地關上門以後，我走到柯藍的穿衣間。我拿了一件襯衫。

我把自己關在浴室裡洗澡的時候，聽見菲利斯又進了門。浴室裡，一條大毛巾遮住了鏡子，所有的架子都是空的，除了還擺著幾瓶柯藍用的香水，再也沒有女性用品，沒有化妝品，沒有乳液，沒有裝飾品。

我對冰冷的磁磚並沒有反應，我一點都不在乎。水流在我身上，也完全不讓我覺得舒暢。我在手上倒滿了克拉拉的草莓洗髮精，甜甜的味道讓我湧出了淚水，但另一方面這卻又安撫了我。

洗完澡，我的自我保護儀式開始了。我在身上灑滿柯藍的香水，這是第一層保護。我穿上柯藍的襯衫，扣上釦子，這是第二層保護。我套上他帶有帽兜的運動衫，這是第三層保護。我盤起濕濕的頭髮，以保存草莓的味道，這是第四層保護。

在客廳裡，我製造的垃圾都不見了，窗戶也都打開來，菲利斯似乎正在廚房裡忙著。在進廚房看菲利斯之前，我把客廳的窗簾拉起來，陰暗才是我最好的朋友。

菲利斯一頭埋在冰箱裡。我靠在門邊觀察他。他又穿回便服，吹著口哨，搖晃著屁股。

「我能知道你爲什麼心情這麼好嗎？」

「因爲昨天晚上。讓我來準備晚餐，然後我一五一十跟妳道來。」

他轉身面對著我，直盯著我看。他走到我旁邊，深深吸了好幾口氣。

「別像狗那樣聞我。」我對他說。

「妳最好別再這樣。」

「我照你說的做了，我洗了澡了。」

「這是起碼該做的事。」

他在繼續忙以前，在我的臉頰印上了一個吻。

「你從什麼時候開始會做菜的？」

「我不做菜，我只是利用微波爐。但總得找到一點食材才弄得出一些東西吃。妳的冰箱簡直比戈壁沙漠還要荒涼。」

「你要是餓了，叫個披薩來吃。你是不可能煮出什麼東西來的。就算只是要你熱菜來吃，你都可能搞砸。」

「也就因爲這樣，妳和柯藍養了我這十年。叫披薩是個好主意，這樣我也有更多時間跟妳說話。」

我到客廳沙發上坐定。他要跟我說他昨天晚上發生的韻事。很快的，一杯紅酒端到我眼前。菲利斯坐在我面前，把他的一包菸遞給我。我立刻點燃了一根菸。

「妳爸爸媽媽要我轉告，他們關心妳。」

「謝謝關心。」我對著他的方向吐了一口菸。

「他們很爲妳擔心。」

「沒必要擔心我。」

「他們很想來看妳。」

「我不想見他們。你該慶幸，你是我唯一願意見的人。」

「我是不可取代的，妳不能沒有我。」

「菲利斯！」

「太好了，要是妳繼續這樣，我就要告訴妳昨天晚上的所有細節。」

「喔，不要，你可以什麼都說，但不必講你的性生活！」

「妳得選擇其一。要不聽我說我的夜生活，要不就妳的爸爸媽媽。」

「好吧，你說吧，我就聽你說。」

菲利斯說起猥褻的情節可是滔滔不絕。對他來說，人生可以說是一場巨大的節慶，以放縱的性、嗑藥為生活添滋味。他一旦開始說起他的故事，根本聽不見我對他說的話，他就是一直說一直說，停也不停。門鈴響時，他也沒停下來。

連送披薩來的人也聽說了他是怎麼被請到一名二十歲的學生的床上。又一個讓菲利斯來負責教育他的。

「如果妳今天早上看見這個可憐的人的樣子，他幾乎求我再回來照顧他。他真讓我難過死了。」說到這兒，菲利斯還假裝擦擦眼淚。

「你真是不入流。」

「我已經事先告訴過他了，又還能怎樣，如果嚐到菲利斯的滋味，就一定會愛死了。」

我只吃了兩三口的披薩，菲利斯他卻把自己吃撐了。他一直沒有要離開的樣子。然後他變得異常沉默，只撿了撿我們吃剩的，走進廚房裡。

「黛安，妳連問也沒問今天的情形。」

「我沒興趣知道。」

「妳這就太過分了。妳怎麼能這麼漠不在乎？」

「別說了，我偏偏就不是漠不在乎。我不許你對我這麼說！」我從沙發上跳起來大叫。

「媽的，看看妳自己，根本不成人形。妳什麼都不做。也不去工作了。妳的日子就是每天抽菸、喝酒、睡覺。妳的公寓變成了垃圾間。我不要再看到妳每天一點一點的沉陷下去。」

「沒有人能瞭解的。」

「妳這就說錯了，大家都瞭解妳承受了什麼樣的痛苦，但妳不能因爲這樣而消沉。他們已經離開一年了，現在該是妳好好活下去的時候。爲了柯藍和克拉拉，振作一點吧。」

「我不知道怎麼振作一點，總之我一點也不想振作。」

「讓我來幫妳。」

我再也受不了他說這些，我摀著耳朵，閉起眼睛。菲利斯把我抱在他懷裡，強迫我坐下來。他緊緊抱著我，安撫我。我一直不瞭解他爲什麼總是需要緊緊抱著我。

「今天晚上妳跟我一起出去走走，好嗎？」他問。

「你還是不瞭解。」我自己也不知道爲什麼這時也緊緊抱著他。

「走出家門，出門認識認識人。妳不能老是把自己關起來。明天跟我一起到『快樂的人』來。」

「我不要。」

「不然，我們兩個人一起去旅行。我可以關了『快樂的人』。上門來的客人可以等等，幾個禮拜沒有我不要緊的。」

「我不想旅行。」

「我倒覺得妳需要旅行。我們會沿路歡笑的，我要二十四小時不離開地照顧妳。這是讓妳重新振作起來所必要的。」

他要二十四小時跟著我！這讓我大感吃不消，不由得瞪大了眼睛，只是他沒看到。

「讓我好好想一想。」爲了安撫他，我這麼說。

「眞的？」

「眞的。現在我要睡覺了，你走吧。」

他在我臉頰上吻了一個響吻，然後從口袋裡掏出手機。他在他長長的通訊名單上搜尋著，打給了一位史蒂文，或是弗萊德，或是亞歷斯。他今天晚上的活動讓他很亢奮，終於沒心思管我了。我站著點燃一根菸，往大門的方向走去。他暫且擱下和他通話的人，吻了一下我臉頰，並在我耳邊說了一句話：「明天見，但我不會太早到，今天晚上會是大型節目。」

我以抬眼望天來代替回答。「快樂的人」明天早上大概也不會準時開門，這我也沒轍。開文學咖啡廳，現在對我來說，好像是前輩子的事了。

菲利斯讓我累壞了。上帝知道我愛他，但我快受不了了。

我躺在床上，想著他剛剛說的話。他似乎決心讓我有所行動。我怎麼樣也要找到個辦法躲開他。一當他有這樣的念頭時，什麼也擋不住他。他希望我好起來，但我自己卻不想。我該想個什麼辦法的。

2

他展開「讓黛安走出憂鬱」的計畫已經一個禮拜了。他對我排山倒海的做了許多有的沒的提議，古怪的有，荒誕的也有。整個計畫的最高潮應該就是當他在我的矮桌上擺了許多旅行社的旅遊資料。我知道他心裡做什麼打算，他就是想帶我到有太陽的地方度假。度假中心、躺椅、棕櫚樹、雞尾酒、曬得發黑發亮的皮膚、做水上運動以便偷窺教練的好身材，這些菲利斯的夢想，對我來說恰好是噩夢。這樣的旅行，要不是和一大堆度假的人擠在一個小小的海灘上，就是穿著晚禮服擠在餐檯前大吃大喝，還擔心哪個睡覺會打呼的鄰居搶了最後一根香腸，這些快樂的人被關在船艙中十幾個小時，身邊還都是些吵雜的小孩，所有這些只會讓我想吐。

這也就是爲什麼我急得團團轉，不知道該怎麼辦才好，抽菸抽得喉嚨裡都生了火。連睡眠都不安穩，因爲我夢見了穿著泳褲的菲利斯強迫我在夜店裡跳騷莎舞。

我不跟他去旅行，他是不會放棄的。我一定要逃開他，讓他不能再跟著我，但一方面又要讓他能放心。待在家裡已經是不可能的選項了。離開，永遠離開巴黎成了唯一的解決之道。找到一個偏僻的地方讓他不會跟來。

到活人的世界中走一回是避免不了的了，我的食物櫃、冰箱空空如也。我只找到幾包過期的餅乾——這是克拉拉的點心——和找到柯藍的啤酒。我拿了一瓶啤酒在手上轉了好久，才決定開瓶。我深深聞它的味道，就像聞一瓶陳年好酒散發出來的氣息。我喝了一口，所有的回憶都湧上心頭。

我們第一次做愛便帶有啤酒的滋味。我們曾有過多少歡笑？當我們二十歲時，浪漫永遠不嫌多。柯藍只喝棕色的啤酒，他不喜歡金色啤酒，他老是問自己爲什麼會選擇金色頭髮的我。他每回這麼問，我都會拍一下他的頭。

啤酒有一次甚至差點兒影響了我們決定去旅行的地方。柯藍很想到愛爾蘭去度幾天的假。但後來他說，那裡有雨有風，天氣又冷，便放棄了。其實他是因爲知道我喜歡太陽，喜歡曬黑，不想在夏天還帶著風衣、外套旅行，而且他也不想強迫我去一個我不感興趣的地方。

啤酒瓶從我手上滑落，掉在地磚上碎了滿地。

我坐在柯藍的書桌前，桌上攤開一本地圖冊，我看著愛爾蘭的地圖。該怎麼選我自己的安息之所呢？哪裡能帶給我平和與安詳，好讓我單獨和柯藍、克拉拉在一起呢？我對愛爾蘭一無所知，不知道該從何選起，最後我決定閉起眼睛，手指頭指到哪裡，就是哪裡，由偶然來做決定。

我睜開一隻眼睛，湊近一看。我收回指頭，睜開了另一隻眼睛，好看清楚那地名。偶然選了一個小到不能再小的村子，幾乎看不見地圖上寫的地名：牧勒哈尼。我要自我放逐到牧勒哈尼去。

該對菲利斯說我要到愛爾蘭去的時候到了。我花了三天的時間才找到勇氣對他說這件事。我們一起吃完晚餐，我勉強自己多吃了幾口好讓他高興。他懶洋洋地躺在沙發上，翻閱著旅行社的旅遊資料。

「菲利斯，別管這些資料了。」

「妳已經決定好了？」

他倏地一下站起來，搓著兩隻手掌問我：

「我們去哪裡呢?」

「你,我不知道,但是我呢,我要搬到愛爾蘭去住。」

我刻意把語調說得再自然不過。菲利斯好像一條快窒息的魚一樣急忙吸氣。

「別激動。」

「妳是在耍我啊?妳這不是認眞的!是誰讓妳有這個念頭的?」

「是柯藍。你想不到吧。」

「這下可好,她瘋了。妳大概也要告訴我,柯藍從陰間回來,跟妳說去哪裡度假好。」

「你不需要講成這樣。愛爾蘭是他想去的地方,我要代替他去。」

「喔,不,妳不要去那裡。」菲利斯自信滿滿地說。

「爲什麼?」

「妳去那裡沒什麼好做的,那是個……」

「是個什麼?」

「那是個橄欖球員、吃羊肉的人的國度。」

「橄欖球員妨礙你什麼嗎?通常他們應該是會讓你有好印象的。何況就算到泰國去，把自己泡在海灘上，回來的時候左邊屁股還刺青，刺著『勃登，永遠愛你』，這樣就比較好嗎？」

「算妳說得有理……不過，很難拿這來做比較。妳人已經不太好了，去愛爾蘭只會更糟。」

「別說了。我決定去愛爾蘭住幾個月，你沒什麼好說的。」

「別想我會陪妳去。」

我站起來，收拾起手邊的東西。

「那最好，因爲我沒有要請你跟我去。我不想要老是有人跟在我屁股後面。你讓我喘不過氣來！」我看著他對他吼叫。

「妳注意，我很快又會讓妳喘不過氣來。」

他噗哧一笑，眼睛還是直直看著我，從從容容地點燃一根菸。

「妳想知道爲什麼嗎？因爲我不覺得妳受得了兩天在愛爾蘭的日子。妳會很狼狽地回來，然後求我帶妳去有陽光的地方。」

「不可能的事。信不信由你，我這麼做是爲了治好我自己。」

「妳搞錯方法了，不過至少妳打起精神來做點改變了。」

「你沒有朋友在等你嗎？」

我再也受不了他像是審訊犯人的眼光。他站起來，走到我身邊。

「妳要我去慶祝妳這個怪念頭嗎？」

他的臉突然變得陰沉，把手擱在我肩膀上，眼睛直直看著我。

「妳真的想要改變嗎？」

「當然。」

「那麼，在妳的行李箱裡別裝柯藍的襯衫，別裝克拉拉的絨毛玩具，香水也只帶妳自己的。」

我掉進了自己的陷阱裡。忽然我的肚子痛了起來，而且頭痛了起來，皮膚感覺也在痛。怎麼也躲不開他黑得像炭一樣的眼睛，他的指頭抓得我肩膀好痛。

「當然，我會好起來的，我會一點一點地和他們的東西分開來。你現在應該高興了，你一直希望我這麼做的。」

神奇的是，我的聲音沒有變得畏怯。菲利斯深深的嘆了一口氣。

「妳說是這樣說，但妳是做不到的。柯藍如果還在，他一定不會讓妳到愛爾蘭去。妳試圖做點什麼，好讓自己有所改變，這是好的，但是拜託妳，別去愛爾蘭吧，我們看看還能去哪裡。我擔心妳會越陷越深。」

「我不放棄這個計畫。」

「去睡覺吧，我們明天再說。」

他撇了撇嘴，神情有些憂愁，他親了親我的臉頰，往門邊走去，一句話也沒說。

我躺在床上，裹在被子裡，把克拉拉的絨毛玩具緊緊抱在懷中，努力讓自己的心跳平靜下來。菲利斯說錯了，若是由柯藍來負責整個行程的規劃，他是會讓我自己一個人到國外去的。我們每回旅行，都是由他負全責規劃行程，從訂機票、訂旅館，到保管我的身分證。他從不把我的身分證或是克拉拉的交給我保管。他說，我常心不在焉。那麼這次去愛爾蘭都由我自己來辦，他是不是信得過我？說來，我自己都不是很確定。

我從來不曾自己一個人住過，我離開爸媽家以後，就搬去跟柯藍住。我害怕打電話去打聽些資訊，或是去申訴什麼。柯藍什麼都會打理得妥妥當當。這趟行程的準備，我必須想像是他在引導我。我要讓他為我感到驕傲。如果這是我死前最後的作爲，我要向所有人證明我可以把計畫執行到底。

有些事情是不會改變的，例如我打包行李的方式。我的衣櫃空了，行李箱爆滿。但我大概只會用到行李中的四分之一物品。只缺書還沒帶。我得強迫自己到「快樂的人」一趟，去那裡拿書。

我有多久時間沒走這條路了？菲利斯等一下看我出現在咖啡廳，一定會在櫃檯後面昏倒。不到五分鐘，我就來到了維埃耶·杜·當普勒路。一條屬於我的路。有一段時間，當我工作時，我在這條路上度過我的一天；或是在路邊咖啡座，或是在商家店鋪裡，或是在藝廊裡。從前，只要到了這條街，我就會高興起來。

現在，我穿著柯藍帶有帽兜的運動衫，避開店鋪櫥窗，避開住戶，避開觀光客。我走在馬路上，以避開路邊的支柱，免得彎來彎去的走。所有的一切都侵犯著我，甚至連我以前常去光顧的麵包店所散發出來的熱麵包氣息都讓我覺得難以忍受。

靠近「快樂的人」的時候，我緩下腳步。我超過一年沒到這裡來了。我站在對街的走道上，沒往咖啡廳裡看一眼。我低著頭，動也不動，把一隻手伸進口袋裡，我需要尼古丁來壯膽。有人撞了我一下，我不由自主地轉而面對我的文學咖啡廳。小小的木櫥窗，中間的大門內側掛著一個鈴鐺，五年前我自己選的店名：「快樂的人看書並喝咖啡」，店裡所有的一切都帶我回到我和柯藍、克拉拉一起生活的時光。

開店營業那一天的早晨曾經是一場混亂。店裡的裝潢工程還沒完工，書也都還沒拆封。菲利斯人還沒到，我就自己一個人監督著工人加緊趕工。柯藍每隔十五分鐘就打一次電話給我，以確定晚上正式營業時可以一切就緒。我像個蠢婦一樣忍住我的眼淚，也忍住笑。我親愛的合夥人一直到中午過後才現身，而我差點歇斯底里起來，因爲到這個時候店面的招牌都還沒掛起來。

「菲利斯，你到哪裡去了？」我大叫著說。

「我去剪頭髮。妳自己也該去上個髮廊。」他抓起我的一綹頭髮，擺出一副很倒胃口的樣子。

「我哪有時間去？什麼都還沒準備好，我從早上開始就跟柯藍說謊，我就說今天開幕一定會失敗。當初我跟柯藍和我爸爸媽媽說我要開家文學咖啡廳時，爲什麼他們都聽信我的話？我受不了了。」

我的語調越來越尖銳，又開始東忙西忙起來。菲利斯把所有工人都請走了，然後走到我身邊。他抓住我，把我像棵李子樹一樣搖晃。

「停！從現在開始，由我來處理一切。妳去洗頭，打扮一下。」

「我沒時間！」

「咖啡廳開幕是不可能有個頭髮髒兮兮的老闆娘的。」

他一直推著我往後門去，後面是一間和咖啡廳一起租下來的小套房。在套房裡，我找到一件新的洋裝和所有能讓我變美麗的物品。地上甚至放了一大把玫瑰花和小蒼蘭。花束中夾著柯藍的一張卡片，他為我準備了這一切，正足以表示他多麼信任我。

結果，開幕的那個晚會辦得很成功，雖然營業額幾乎是掛零。菲利斯宣稱自己是管收銀機的人。柯藍的眉目傳情和微笑大大地鼓勵了我。我抱著克拉拉，在一桌一桌之間來回走動，招呼家人、朋友、柯藍的同事，還有菲利斯的各路朋友，以及附近商家的人。

今天，五年後的一切都變了，柯藍和克拉拉都不在了。我根本無心再工作，何況這地方的一切都教我想起我的丈夫和女兒。柯藍在法庭上第一次勝訴，是到這裡來慶祝；克拉拉邁出第一步路也是在咖啡廳裡，她也坐在櫃檯上喝著石榴汁，第一次寫她自己的名字。

在走道上，我的旁邊忽然有個陰影罩過來。菲利斯抱住了我，輕輕搖著我。

「妳知道妳已經在這裡站了半個小時了嗎。跟我來。」

我搖搖頭。

「妳會來這裡不是沒有緣故的。現在也該是妳回來『快樂的人』的時候了。」

他挽著我的手，領著我過馬路。他推開門的時候，把我挽得更緊了。門後的小鈴鐺響了，這讓我淚流滿面。

菲利斯向我坦承，「我也是，每次聽到鈴鐺響，都會讓我想起克拉拉。」他又對我說，「到櫃檯後面去。」

我遵命照辦。咖啡的味道加上書的味道刺激著我的鼻腔，我不由自主深吸一口氣。我摸了一下木製的吧檯，吧檯黏答答的。我拿起一只杯子看，杯子是髒的，我又拿起另一只杯子，也沒有乾淨到哪兒去。

「菲利斯，你在我公寓裡花的心思比這裡還多啊，這裡眞是髒透了。」

「沒辦法，我事情太多，忙壞了，沒時間處處都照顧得周到。」他聳聳肩回答我。

「的確，這裡常有很多人。」

他轉身去照顧店裡唯一的客人，他和這位客人似乎滿熟的，因爲他們之間彼此使了個眼色。這位客人喝完飲料後，帶著一本書走了，並沒有經過櫃檯去付帳。

「妳準備回來工作了嗎？」菲利斯幫自己倒了一杯飲料。

「你在說什麼啊？」

「妳回來這裡，就是因爲妳想再工作，不是嗎？」

「不是，我來這只是想拿幾本書。」

「妳眞的要離開？不過妳還有時間，事情並不急。」

「你都沒聽我說。我下禮拜就走，我已經把簽好的住屋契約寄回去了。」

「什麼住屋契約？」

「我在愛爾蘭租了一間小屋，要在那裡住上好幾個月。」

「妳確定這個計畫對妳是好的嗎？」

「不，我什麼都不確定。去了才知道。」

我們兩人一直四目相對。

「黛安，妳不能留下我一個人在這裡。」

「這一年來你都是一個人工作，沒有我。何況我工作向來沒效率。好了，別說了，建議我幾本書吧。」

他很沒勁地告訴了我幾本他喜歡的書。我想也沒想的便照單全收，我並不在乎。其中有一本書我知道：《舊金山記事》。對我的好朋友來說，作者阿米思提德·莫龐能處理所有的問題。我則什麼也不知道，我還沒看過這本書。菲利斯把書一本一本的放在櫃檯上。他逃避我的目光。

「我再把這些書拿到妳家去，不然太重了。」

「謝謝。我要走了，我還有很多事要做。」

我的目光看向吧檯後的一個小角落。我因爲好奇，走近前去。那裡有一個相框，相框裡是柯藍、克拉拉、菲利斯和我的一張合照。我轉身面對菲利斯。

「回家去吧。」菲利斯輕聲對我說。

他站在離門邊不遠的地方，我停在他身邊，輕輕地吻他臉頰，然後便離開。

「黛安！今天晚上別等我，我不會去妳家。」

「好，那明天見。」

「柯藍！」

我的心怦怦跳動著，出了汗，我在床上四處探索著。柯藍的位置冷冷的、空洞洞的。然而柯藍曾經就在這兒。他擁吻我，他的嘴唇啄著我脖子，還一直吻到我的耳後、我的肩。他的氣息在我頸項間吹拂著，他呢喃地說著話，我們兩人的腿交纏。我推開床單，雙腳放在地板上。街道上的燈光照亮了公寓。腳底下的木板嘎嘎響的聲音讓我想起了克拉拉的小腳跑動的聲響，每當她聽見柯藍鑰匙開門的聲音，她就會跑去迎接他。

每天晚上都是同樣的儀式。我們三個人緊緊相擁，窩在沙發上。克拉拉穿著睡衣，而我迫不及待地等到丈夫回家。柯藍才把他的公事包放下來，克拉拉便投入他的懷中。

柯藍走向我，我解開他的領帶，他擁吻我。我們一起吃完晚餐，柯藍讓克拉拉上了床睡覺，然後就是我們兩人在一起的時光，心裡很安穩地知道克拉拉將大拇指含在嘴裡，在小床上睡得沉沉的。

我意識到我們的公寓已經不存在了，我本來想留在這裡以便把一切都保存下來，現在卻發現這是個錯誤。再也沒有公事包，沒有鑰匙轉動的聲音，沒有在地板上跑動的聲音。我再也不要回來這裡。

坐了四十五分鐘的地鐵後，結果在出口前的樓梯下被擋住。我的腿每走一步，腳步就越沉重。入口其實離地鐵站不遠，只是我不知道。在走進鐵柵欄時，我跟自己說不能空手來。這附近的花店多的是，我走進去最近的一家花店。

「我要買花。」

「妳來對地方了。」花店的老闆對我笑。「妳買花是爲了？」

「爲了那裡。」我指了指墓園。

「妳要傳統一點的樣式？」

「我只要兩朵玫瑰。」

老闆走向擺切花的那裡。

「白玫瑰。」我對他說：「不用包起來，我用手拿著就好。」

「可是……」

「多少錢？」

我給了他一張紙鈔，從他手中拿下玫瑰，匆忙走出花店。我一路快走，來到了墓園裡主要大道上便停住了。我東看西看，看不出該往哪個方向。他們在哪裡呢？我又走出墓園，癱坐在地上。我焦躁地撥了「快樂的人」的電話。

「喂，這裡是『快樂的人喝酒並飛上天』，請說。」

「菲利斯。」我喘著大氣。

「有什麼問題嗎？」

「我不知道他們在哪裡，你能想像嗎？我想看他們卻沒辦法。」

「妳要去看誰？我聽不懂。妳人在哪裡？妳為什麼哭？」

「我想看柯藍和克拉拉。」

「妳在……在墓園？」

「對。」

「我去找妳，妳待在那裡別動。」

我只到過墓園一次，就是他們下葬的那一天。之後，我總不願意再到墓園來。

自從他們去世的那天，我從醫院離開以後，我就不曾再去到醫院。在我表示我不參加他們入殮儀式時，我的父母和柯藍的父母都覺得我不可理喻。柯藍的父母甚至還甩門離開。

「黛安，妳瘋了！」我媽這麼喊著對我說。

「媽媽，我沒辦法參加，我受不了。看著他們消失在棺材裡，就表示一切都沒了。」

媽媽回答我：「柯藍和克拉拉都死了。妳要接受這一點。」

「別說了！我不要參加葬禮，我不要看著他們離開。」

我又哭了起來，背過身去。

「怎麼可以這樣！」我爸大聲斥責。

「這是妳的責任，」我媽接著說，「妳一定要來參加葬禮，別鬧脾氣了。」

「責任？妳說這是責任？我才不在乎責任。」

我激動地轉過身，面對他們。這時候我生氣多於痛苦。

「沒錯，妳有責任在身，妳要承擔起責任。」我爸這麼對我說。

「你們根本不在乎柯藍、克拉拉和我。對你們來說，最重要的是做表面功夫，維持形象。要給人一個悲傷家庭的形象。」

「我們實際上就是這樣啊。」媽媽回我的話。

「不，我唯一的家庭、我眞正的家庭，我已經失去了。」

我已經沒力氣了，我的胸膛鼓起，眼睛一直看著他們。他們的臉有那麼一會兒模糊了起來。我想見到他們臉上有一絲懊悔的痕跡，卻沒有。他們在外表上仍然維持著形象，不可動搖。

「妳不能用這種口氣跟我們講話，我們是妳的父母。」我爸這麼對我說。

「出去！」我生氣地指著門，趕他們走，「離開我家！」

我爸走到我媽身旁，抓著她的手臂，拉她離開。

「妳還是準備好，等時間一到，我們就來接妳。」媽媽離開前說了這句話。

他們時間一到便來接我，準時得像瑞士時鐘。他們根本不聽我剛剛說的那些話。

我實在是疲倦至極，根本沒有力氣和他們對抗。我媽強迫我換了衣服，我爸強迫我上了車。來到教堂前，我推開他們，投入菲利斯的懷抱中。從這一刻起，我幾乎就沒離開菲利斯。靈車來到時，我把臉埋在菲利斯的胸膛裡。在整個葬禮的過程中，菲利斯都在我耳邊說著話，他跟我說最後這幾天發生的事，他選了他們最後穿的衣服；他爲克拉拉選了一件洋裝，也把絨毛玩具放在她身邊；他爲柯藍選了灰色的領帶，也爲他戴上他三十歲生日時我送給他的手錶。我是跟菲利斯來到墓園裡的。我一直退在一旁，直到我爸媽走到我們身邊來。他們要把花給我，我爸爸對菲利斯說：

「菲利斯，你要幫她面對這一切。她必須爲他們送別。現在不是鬧脾氣的時候。」

菲利斯的手緊緊握著我的手，他從我媽媽手中接過花。

「這不是爲妳爸媽做的，而是爲了柯藍和克拉拉。」

我把花丟進墓穴裡。

「我盡快趕來了，」菲利斯一到便對我說，「放下玫瑰花吧，妳弄傷妳自己了。」

他蹲在我面前，一根一根扳開我的指頭，拿下玫瑰花，把花放在地上。我的手滿是鮮血，我並沒有感覺到玫瑰花的刺刺傷了我。他一隻手攬著我的腰，扶我站起來。

我們走在墓園裡，一直走到一個有水的地方。他一句話也沒說，幫我洗著手。

他拿著一個澆花的桶子，在桶裡裝滿了水。他拉著我毫不遲疑地一起往前走。他放開我的手，開始清理一座墓，是他們的墓，這是我第一次見到。我的眼睛觀察著各處細節，大理石的顏色，鐫刻他們的名字。柯藍活了三十三歲，克拉拉還來不及過她的六歲生日。菲利斯把那兩朵玫瑰花遞給我。

「跟他們說說話吧。」

我來到墓前，跪下來說：

「親愛的……對不起……我不知道要跟你們說什麼……」

我的聲音沙啞。我兩手掩面。我覺得冷。我覺得熱。我覺得不舒服。

「這眞是難以承受。柯藍，你爲什麼要把克拉拉也帶走？你沒有權利離開我，你沒有權利也把克拉拉帶走。我好怨你留下我一個人，我不知道怎麼辦才好，我應該跟著你們一起去的。」

我用手背拭淚，抽抽噎噎哭著。

「我怎麼也不相信你們永遠不會再回來。我這輩子都要等你們。家裡一切都準備好了，就等你們回來……人家跟我說這樣不正常。所以，我要離開了。你還記得嗎，柯藍，你曾經說我們要一起去愛爾蘭，我那時候竟然說不要，我眞是笨……我要去那裡住一段時間。我不知道你們兩個人在哪裡，但我需要你們，守護我，保護我，我愛你們……」

我閉上了眼睛一會兒。然後，我想站卻站不起來，無法保持平衡。我的頭發昏，是菲利斯幫助我站穩了。我們往出口走去，不再回頭，一句話也沒說。在走進地下鐵以前，菲利斯停下來對我說：

「妳知道嗎，當妳跟我說妳要走出來的時候，我並不相信。不過，看妳今天所做的，證明了妳是可以走得出來的。我爲妳感到驕傲。」

我在要出發的前一晚打電話給我爸媽。自從跟他們說了我的決定之後，他們就一直說服我留下來。他們每天都打電話給我，我的答錄機裡常常有他們的留言。

「媽媽，我是黛安。」

電話裡，和平常一樣，聽得到電視的聲音開到最大音量。

「妳還好嗎？親愛的。」

「我明天就要走了。」

「妳還是沒改變主意！」她又轉而對爸爸說，「親愛的，是你女兒，她說她明天就走了。」

爸爸取了話筒，對我說：

「女兒，妳來家裡住幾天吧，這樣妳就會改變主意。」

「爸爸，沒有用的。我明天就走了。我是不可能再回去跟你們住的。我已經三十二歲了，三十二歲的人是不住在父母家裡的。」

「妳自己一個人從來成不了事的。妳需要有人引導妳，妳是不可能把一個計畫實現到底的。事實就可以證明，要不是我們幫妳付了那間咖啡廳的錢，妳今天怎麼有錢過日子，還可以說要去國外住一段時間，這一切還不都是柯藍有遠見。所以，實話實說吧，去愛爾蘭是超乎妳的能力的。」

「謝謝，爸爸，我還不知道原來我在你眼中是這麼沒用。你說的這些正好可以幫助我走出來。」

「讓我來說吧，你太硬了。」我媽在爸爸旁邊說。她接過電話，對我說：「孩子，妳爸爸不會說話，但他說得有道理，妳太不自量力了。要是菲利斯跟妳一起去，我們還比較放心，即使他並不是最理想的人選。聽我說，到目前為止我們都讓妳一個人靜一靜，我們以爲時間一久，妳就會好一點。妳爲什麼不去看我跟妳說的那位心理醫生呢？跟醫生談一談，妳會比較好的。」

「媽媽，夠了。我不要看心理醫生，我不要跟你們一起住，我也不要菲利斯陪我去。我只想安靜，妳懂嗎？我只想一個人，我受不了老是被人監視。如果你們想跟我講話，我的電話號碼你們都知道。」

我瞪大了眼睛注視著天花板，等著我的鬧鐘響起。我一整夜沒睡。電話還沒講完，我就粗暴地掛了爸媽的電話，我失眠和這件事並不相干。再過幾個小時，我就要搭飛機，飛到愛爾蘭去。這是我在這間公寓裡的最後一夜，最後睡在我們的床上。最後一次，我睡在柯藍的位置上，把我的臉埋進他的枕頭裡。鼻子還嗅著克拉拉的絨毛玩具。我的眼淚弄濕了枕頭和玩具。鬧鐘響了，我好像裝了自動裝置似的，倏地起了床。

在浴室裡，我拿下罩著穿衣鏡的浴巾，這是幾個月來我第一次看到我自己。這時穿著柯藍襯衫的我，解開一顆一顆的釦子，讓襯衫脫下一邊的肩膀，然後再另一邊。襯衫從我的身體滑落下來，掉在我腳邊。我最後一次用克拉拉的洗髮精洗頭髮。走出浴室時，我避免去看地上的襯衫。我穿回自己原來的樣子，一條牛仔褲，一件短衫，外面再穿一件套頭衫。我覺得喘不過氣來，好像被人掐住了，我脫掉套頭衫，又穿上柯藍帶帽兜的運動衫，穿上它，才又感覺呼吸順暢。他還活著的時候，我就會穿它了，現在這件衣服更是不離身。

看了一眼手錶，我知道我時間不多了。手裡一杯咖啡，嘴邊一根菸，我隨意挑選了幾張照片，把它塞進袋子裡。

我在沙發上等待出發的時間到來，幾根指頭不安分地動來動去，我的拇指碰到了我的婚戒。到了愛爾蘭，我一定會遇到許多人，大家會發現我是結了婚的，他們會問起我先生在哪裡，我會沒有辦法回答這個問題。我不想讓婚戒離身，只好把它藏起來。我取下項鍊，把婚戒串進項鍊裡，取代原有的墜子；再把項鍊藏在運動衫下，這樣就沒人會發現了。

門鈴響了兩聲，打破了沉寂。門一開，菲利斯進了門。他一句話都沒說，只是眼睛直直盯著我看。從他臉色就看得出來他一夜狂歡。他的眼睛又紅又腫，身上散發出酒精和菸草的氣味。他還沒開口，我就知道他一定是聲音沙啞。他幫我把行李拖出來，有許多箱。我在公寓裡巡視一圈，關掉所有的燈，關上所有的門。要關上大門的時候，我的手蜷縮了起來，唯一聽得見的聲音是鎖上門時的鑰匙聲。

3

我站在租來的汽車前，行李放在腳邊，鑰匙拿在手中。一陣陣強風吹進了停車場裡，吹得我站不直身子。

從下飛機之後，就覺得整個人是浮著的。我下意識的隨著其他乘客來到行李輸送帶前取回我的行李。後來到了租車處，辦事的人口音極重，我好不容易聽懂了，並且簽了合約。

但這時候，站在汽車前的我又冷又累，不禁問我自己讓自己蹚進了什麼渾水裡。但我沒有選擇了，我想要一個屬於自己的地方，從此以後這個屬於自己的地方就是牧勒哈尼。

我得點好幾次火才能點燃一根菸。刺骨的寒風吹個不停，這一切已經快讓我受不了了。更糟的是，點燃的菸因爲風吹的關係，香菸燃燒得非常快。我在把行李裝進車廂時又點燃了一根菸。點菸時，一陣風把我的頭髮吹到面前來，不小心把火觸著了一綹頭髮。

擋風玻璃上的一張貼紙讓我想起了在愛爾蘭，汽車駕駛是在右方。我插進鑰匙，打第一檔，車子卻不走。再試兩次，結果還是一樣，車子不動就是不動。我租到了一輛拋錨的車。我走到租車處，那裡有五個壯漢，他們剛剛都看到了我的情形，每個人臉上都帶著笑意。

「我要換一輛車，這輛車發不動。」我很生氣地對他們說。

「妳好，」其中年紀最大的一個還是臉上帶笑意的問我，「有什麼問題嗎？」

「我不知道，但車子就是發不動。」

「我們去看看就知道。」

他們身材高大，在他們走出門的時候，我不由自主地退讓了一下。「橄欖球員、吃羊肉的人」，這是菲利斯下的註腳。他說得沒錯。他們幾個人陪我到車子旁，我又試著發動了一次，情形還是一樣。

「妳打錯檔了。」其中一個壯漢對我說。

「哪有，沒錯啊……我會開車的。」

「妳打五檔看看。」

他看著我，神情沒有半點嘲諷的意思。我聽從他的建議，車子果然動了起來。

「在我們這裡，一切都和人家不一樣，駕駛座、靠左行駛、排檔。」

「現在沒問題了吧？」另一個壯漢問我。

「對，沒問題了，謝謝！」

「妳要去哪裡？」

「牧勒哈尼。」

「是有點距離。小心一點，注意路上的圓環。」

「謝謝你們。」

「很高興為妳服務，再見，一路順風。」

他們又給了我一個大微笑。從什麼時候開始，這些出租汽車的人都這麼和藹可親、樂於為人服務？

我開了一半的路程後，開始覺得放鬆了一點。我成功的通過了一路的考驗。沿途，除了看到路旁的綿羊，和一望無際的綠野之外，沒有什麼特別好說的。一眼望去，不會有塞車，也不見會下雨。

和菲利斯在機場分開的影像一直在我腦中重映。從離開我家到機場的途中，我們沒說半句話。他一根菸接著一根菸的抽，看也沒看我。直到最後一刻，他才開了口。我們兩個人面對面，對看著。

「妳要小心妳自己，好嗎？」他對我說。

「你別擔心。」

「妳還可以打消念頭的，並不一定要離開。」

「別把事情弄得更複雜了。時間到了，我該上飛機了。」

我從來都承受不了分離，這次的分離更是比我以爲的更加痛苦。我依偎在他懷裡，他停了好一會兒才有反應，才把我緊緊抱住。

「好好照顧你自己，別做蠢事。」我對他這麼說。

「再說吧。去吧。」

他放開了我，我拿起我的袋子往檢查哨走去。我向他揮揮手，然後拿出了護照。我感覺到菲利斯的目光一直跟著我，我卻沒轉頭再看他一眼。

我到了。我到了牧勒哈尼，就站在我只見過照片的這棟小屋子前面。我是穿越了整個村子，沿著海灘的路才走到這個目的地的。

我會有鄰居，在我的屋子旁邊還有另外一棟屋子。一個個子很小的女士走向我，招手致意。我努力擠出一絲微笑。

「妳好，黛安，我是阿碧，妳的房東。一路上都好吧？」

「妳好，很高興認識妳。」

她先是饒富興味地看著我的手，然後才和我握手。

「妳知道嗎，在這裡每個人彼此都認識。妳只要叫我的名字就好，不用太多禮，也不需要講什麼客套話。好嗎？」

她請我進入小屋，再不久這裡就會成爲我自己的地方。小屋裡讓人感覺舒適、溫暖。

阿碧不停地說話，我並沒有完全把她的話聽進去，只是臉上傻傻地帶著笑，不停以點頭代替回答。她一一向我說明了廚房用具、漲潮退潮的時間，也沒忘記跟我提到彌撒的時間。我在這裡打斷了她的話。

「我不覺得我需要去做彌撒。我和教會鬧翻了。」

「那問題可就嚴重了。黛安，妳來這裡以前應該先打聽清楚，我們爲了國家的獨立和信仰奮鬥了好久。妳從此以後是和一群以身爲愛爾蘭天主教徒爲傲的人一起生活。」

眞沒想到一開始就這樣……

「阿碧，我很抱歉，我……」

她大笑出聲。

「放輕鬆，別當眞了！我只是在跟妳開玩笑。我習慣就是這樣。妳沒有必要陪我禮拜天去做彌撒。不過，有個小建議，不要忘記我們並不是英國人。」

「好，我會記得的。」

她又興致勃勃地導覽起來。在二樓是我的浴室和房間。我可以對角線橫躺在我的床上，床是特大號的。這很正常，這裡的人都長得很高大。

「阿碧，」我打斷她的話，「謝謝，一切都太完美了，我什麼都不缺。」

「請原諒我太過激動了，不過我眞是高興今年冬天有人來住在這裡。我先走了，讓妳休息休息。」

我陪她走到屋外。她牽了一輛腳踏車，轉頭看我。

「晚一點到我家來喝杯咖啡，和傑克見個面。」

第一個晚上，大自然好像全都出動歡迎我似的，風吹得很猛，雨也急急打在窗上，屋頂發出響聲。雖然我累壞了，床也舒服極了，我卻睡不著。我回想著這一天的情形。

把行李卸下車比把它們裝上車來得工程更浩大，我的行李散滿在客廳各處。我幾乎要放棄了，而到了這時才意識到我沒有東西可吃。我趕緊到廚房去看看，櫃子和冰箱裡裝滿了食物。阿碧應該有跟我說到這件事，我卻沒謝謝她。眞是丟臉，下一次見到她時一定要跟她道歉。就像她說的，牧勒哈尼是個很小的地方，這裡只有一條主要道路、一間小超市、一個加油站，和一家酒館。我在這裡不會迷路，也不會有刷卡亂花錢的地方。

阿碧的熱切接待讓我不知所措。她似乎希望我們之間的關係更密切，但這一點不是我要的。我盡可能地推掉她的邀約，我來這裡不是爲了和兩位年紀大了的人作伴。我誰也不想認識。

我在小屋裡待了一個禮拜沒出門，阿碧爲我準備的食物，和我囤積的香菸足夠讓我這麼過一陣子。這一個禮拜的時間也正好讓我收拾行李，把東西就定位。要讓這裡像家的感覺還很難，這裡的一切都和我以前的生活不同。晚上，街道上沒有路燈，也沒有市聲。風變微弱、風聲較小的時候，就安靜得駭人。我夢想著我的鄰居（一直沒人在家）能辦個大慶祝會好讓我得到撫慰。我們從前公寓裡的地板打蠟的味道，這裡是聞不到的，巴黎的店家商鋪離這非常遙遠。

我開始後悔爲什麼不早點出門到雜貨店，早點出門說不定可以避免這些全注視著我的目光。我不需要去聽，就知道像我這樣一個異鄉客是大家談話的題材。雜貨店裡的客人都留意著我，對我微笑，對我頷首。有些人會來跟我說話。我含含糊糊地回答。我不習慣在商店裡遇見人就跟人家道早安。我在貨架間閒逛。這裡什麼都有，食物、衣服，還有觀光紀念品。綿羊的標誌印得到處都是，瓷杯上、襯衫上、圍巾上。在這裡，人們飼養綿羊，是食物的來源，也是衣服的來源。

「黛安，眞高興在這裡遇見妳。」我沒發現到阿碧也在這裡。

「妳好。」我很訝異地回答她。

「我想今天到妳家一趟，一切都好嗎？」

「都很好，謝謝！」

「妳找到妳要的東西了嗎？」

「沒。有些東西這裡沒有。」

「妳是指沒有麵包和乳酪？」

「呃……我……」

「妳買好了嗎？」

「買好了。」

「那跟我來，我跟妳介紹。」

她臉上帶著大大的微笑，並拉著我的手帶我到一些人的身邊，爲我介紹。好幾個月以來，我沒跟這麼多人說過話。每個人都很親切，幾乎到了讓我覺得打擾人的地步。半個小時的社交後，我終於能到櫃檯去結帳。補充了食物以後，我幾乎可以在家裡關起門來至少十天。但我找不到藉口拒絕阿碧的邀請到她家去。

我房東阿碧的家很舒適。我安坐在沙發上，面對著大壁爐，手裡端著一杯熱茶。

傑克身材高大，有一把白鬍鬚。他性格比較沉穩，正好可以平衡阿碧的容易激動。他在下午四點鐘時總會喝一杯健力士啤酒。**橄欖球員、吃羊肉的人，兼喝棕色啤酒的人**。我自己這麼附註了菲利斯的註腳。棕色啤酒立刻就讓我想起了柯藍。

我們談著話。他們家的一隻狗帕特，從我一到他們家，牠就跳到我身上來，然後一直在我腳邊繞來繞去。接著，我談起天氣，談到下雨天和晴天。下雨天的日子還是比較多。談到我的小屋很舒適。後來，我覺得累極了。

「你們是這裡的人嗎？」我問了他們這個問題。

「是，不過我們在都柏林住到退休以後，才搬回來這裡住。」傑克回答。

「你以前是做什麼的？」

「他是醫生。」阿碧答話，「我倒想聽聽妳以前做什麼，這比較有意思。尤其我很想知道妳爲什麼會閉居到這個小地方。」

「我很想看看愛爾蘭。」

「就妳自己一個人？像妳這麼美麗的女人，怎麼沒人陪妳一起來呢？」

「別問她這種私人的問題。」傑克出聲了。

「說來話長。好了，我該走了。」

我站起來，拿了我的外套、我的袋子，往大門走去。阿碧和傑克跟在我後面。我讓氣氛冷了下來。帕特在我腳邊竄，幾次差點絆倒我。大門一開，牠立刻往門外跑出去。

「養這樣一條狗大概不輕鬆，牠像個大孩子。」我對他們說（同時我想到了克拉拉）。

「還好，這不是我們的狗。」

「那是誰的？」

「是我們的姪子愛德華的。他不在的時候，我們幫他看著狗。」

「愛德華也是妳的鄰居。」阿碧告訴我。

我有點失望，在我終於要以爲隔壁的房子沒人住時聽到這個消息。我倒寧願那裡沒人住，我不需要鄰居。我已經覺得我的房東跟我太親近了。

他們一直陪我走到車子旁邊。這時候，狗吠了起來，而且激動地跑來跑去。原來一輛沾滿泥土的越野車停在阿碧家門前。

「啊，才說著呢，人就到了。」傑克說道。

「請妳等一會兒，我來介紹你們認識。」阿碧挽著我的手臂說。

他們所稱的姪子下了車。他神情嚴肅，一副瞧不起人的樣子，我對他沒好感。傑克和阿碧走到他身邊去。他靠在車門上，兩臂交叉在胸前。我越看他越覺得不順眼。他笑了笑，整個人讓人覺得自傲。是那種在浴室裡好幾個小時，以打理出不修邊幅的冒險家形象。

「愛德華，你來得正好！」阿碧對他說。

「是嗎？爲什麼？」

「你該來認識一下黛安。」

他終於轉過頭來看我。他挪下太陽眼鏡（在這種陰沉的天氣，太陽眼鏡實在一點用途也沒有），從頭到腳的打量我。我覺得自己像是肉店架上的一塊肉。從他的眼神看來，我似乎正對了他的胃口。

「她是誰啊？」他冷冷地問。

我讓自己顯得有禮貌，一邊走向他，一邊說：

「我可以說是你的鄰居。」

他的臉色凝重了起來。他挺起胸，對傑克和阿碧說話，當作我不在場一樣：

「我跟你們說過了，我不要有鄰居。她會在那裡待多久？」

我像叩門一樣的叩著他的背。他的身體僵直起來，轉過身來。我沒後退，我踮起腳尖。

「你可以直接和我說話。」

他彎起眉毛，顯然沒想到我會直接和他說話。

「別來按我家的門鈴。」他用冷冷的目光看著我說。

他很沒禮貌的轉身就走，叫喚了帕特跟他一起走，消失在花園的一頭。

「妳不必因爲他而煩惱。」傑克對我說。

「他不要我們把小屋租出去。」阿碧接著說，「他今天正好情緒不好。」

「不是情緒不好，只是沒教養。」我喃喃地說，然後接著說：「再見，我走了。」

但我走不了，因爲我的車子被這位鄰居的車子擋住了。我不停地按著喇叭。阿碧和傑克大笑地走進屋子裡。

我從後照鏡看見愛德華走了過來。他慢吞吞的走，嘴裡還叼著一根菸。他打開後車廂，讓狗爬上車。他的慢動作讓我生氣，我用力地拍著駕駛盤。他連看都沒看一眼，就用指頭把菸蒂彈到我的擋風玻璃上。他發動車子的時候，還故意讓輪胎發出摩擦聲，並在我的車子上噴了髒水。趁我開雨刷的時候，他就開走了。啊，怎麼會有這樣的鄰居。

我一定要想個辦法讓我出門去透透氣的時候不會每次都濕答答的回來。像今天，我還是淋了雨。第一個決定，不帶雨傘，帶雨傘一點用處也沒有，四天來我已經弄壞了四把傘。第二個決定，不可相信太陽，太陽來得急，也去得快。第三個也是最後一個決定，下雨的時候要準備好才出門，因爲在我穿靴子，套上三件毛衣，穿上大衣，並圍上圍巾的時候，雨就可能停了，這樣我就減低了被雨淋到的機會。下一次，當我想出門透透氣的時候，就來這麼做。

我的辦法行得通。我第一次坐在海灘上看海的時候就對自己這麼說。我信步走到了一個好地方，這裡讓我覺得我是遺世而獨立。我閉上眼，讓幾公尺外的海浪聲安撫著我。風颳得我的皮膚好痛，也讓我流下了幾滴眼淚，我的肺裡則充滿了含碘的新鮮氧氣。

突然，我身體往後仰。我睜開眼睛看見了帕特撲上來舔我的臉。我站不起來。我試圖撥掉身上的沙子，就在這時候，帕特聽見了一聲口哨聲奔跑過去。

我抬起頭。愛德華正向遠一點的地方走去。他剛剛一定從我身邊走過，而沒停下來跟我打招呼。他不可能沒認出我的。甚至，他的狗撲到我身上來的時候，他至少也要跟我道個歉，這才是最基本的禮貌。我往回家的路上走，覺得應去找他理論一番。在通往小屋的小徑旁，我看見他開著越野車往村子裡去。我不會讓他這麼容易脫身的。

我爬上我的車子。我要去找到這個人，讓他明白他惹到的是什麼人。不久後我發現他把車子停在酒館前。我跳下車，像個潑婦一樣地走進酒館裡。我用眼睛橫掃酒館裡的情況，好知道我要找的對象在哪裡。每個人的目光都集中在我身上，除了一個人之外。

愛德華果然在酒館裡，獨自坐在吧檯前，低頭看著報紙，手裡拿著一瓶健力士啤酒。我直直地走向他。

「你以為你是誰啊？」

他沒反應。

「我跟你說話的時候，請看著我。」

他翻過一頁報紙。

「你爸媽沒教你做人要有禮貌嗎？從來沒有人這樣對待我，你要立刻跟我道歉。」

我氣得臉越來越紅。他還是沒將目光從報紙上移開。

「眞是夠了！」我大叫起來。

他喝了一口啤酒，放下酒瓶，深深地嘆了一口氣。他緊緊握著拳頭，直到青筋暴出。他站起身來，直直看著我。我對自己說也許我做得太過分了。他拿起吧檯上的一包菸，然後走到外面的吸菸區。在走過去的時候，他和幾個人握了握手，但一直沒開口，臉上也沒笑容。

通到露天座的門「嘎」的一聲關上了。他從位子上站起來的時候，我就一直屏住氣息。酒館裡一片安靜，這裡所有的男人都同心一氣，剛剛他們也都看見我的所作所爲。我癱在旁邊的一張椅子上想著總有一天會有人教訓他一頓的。酒保聳聳肩，對我看了一眼。

「請給我一杯濃縮咖啡。」我向他點了咖啡。

「我們這裡沒這個。」

「你們沒有咖啡嗎？」

「有啊。」

也許是他沒聽懂我的腔調的關係。

「那麼請給我一杯咖啡，謝謝。」

他微笑了一下，走到吧檯的一角。他在我面前擺了一個馬克杯，裡面裝的是用濾紙沖泡的咖啡，顏色還是淡淡的。我別想要有濃縮咖啡了。但我不明白為什麼酒保還站在我面前。

「你要看我喝咖啡？」

「我只是要妳付我錢。」

「別擔心，我離開以前會付你的。」

「這裡，我們是先付款，後消費。這是英國式服務。」

「好，好。」

我遞給他一張紙鈔，他很和藹的找我零錢。我快速地喝下咖啡，離開酒館。這眞是個奇怪的國家，每個人都很和藹可親，就除了那位愛德華。不過，在這個國家裡，消費前要先付錢。如果是在巴黎，這位親切的酒保大概會被教訓一頓。但是在巴黎，這位酒保大概也會變得不親切，他大概一句話都不會說，微笑就更別想了。

我有了自己過日子的方式。我再也不穿衣打扮，我亂吃東西，吃東西也不定時，想到的時候就吃。白天我部分時間拿來睡覺。如果睡不著，就躺在床上看天空、看雲，把自己裹在暖暖的棉被裡。我沒精打采的看著電視，尤其在它播出蓋爾語節目時，我更是什麼都聽不懂。我看著柯藍和克拉拉的照片跟他們講話。我過日子的方式就像人還在巴黎家中時，只是這時候少了菲利斯。原來以爲來了這裡以後會比較好的，但其實並沒有。我的胸口還是重重的積鬱，一點也沒有自由的感覺。我什麼都不想做，甚至也哭不出來。我只覺得時間漫長，過也過不完。

這天早上，我決定離開床上，移駕到單人沙發座裡看海灘。看了好幾天的天空以後，這時候我要看海。我準備了咖啡和香菸，把自己裹在大毛毯裡，並在頭下方墊了一個靠枕。

幾聲狗叫分散了我的注意力。愛德華和他的狗出現在我眼前。這是在酒館以後，我第一次看到他。他肩膀上揹著一個大袋子。要看清楚他要做什麼，我得把沙發挪到窗邊。他往海灘上走去。他棕色的頭髮比上一次見到時顯得更蓬亂。

他走到一顆大岩石後面，整個人從我的視線消失。一個半小時後，他又出現了，他放下了袋子，不知道在袋子裡面搜尋著什麼。要有望遠鏡，我才看得清他到底在幹什麼。他蹲了下來，我只看見他的背。他就這樣蹲在那裡，蹲了好一陣子。

我的肚子發出咕咕叫的聲音，讓我想起我從昨天晚上就沒吃東西了。我到廚房裡爲自己準備個三明治。當我再回到客廳後，愛德華不見了。我今天唯一的事情就這樣結束了。我癱倒在沙發裡，沒什麼胃口的啃著三明治。

我動也不動地，時間就這樣過去。在看見愛德華家的燈熄了以後，我整個人醒了過來。他跑出門，又去了今天早上他去的那個地方。我把大毛毯裹在肩膀上，走到陽臺，好看得更清楚他在做什麼。我看見他手裡拿著一樣東西。他把那東西拿到他臉上，我想那是一臺攝影機。

愛德華足足在那裡待了一個小時。他又往海灘這邊走時，天色已經暗了。我彎下腰以免讓他看見我。我又待了幾分鐘，才回到屋裡。

我的鄰居是位攝影師。這八天以來我都在觀察他。他在不同時間出門，每次都帶著攝影機。他走遍牧勒哈尼整個海岸線。他可以好幾個小時動也不動。即使下雨、颱風，他都沒反應，照樣不動如山。

這段時間的觀察，我得到了好多資料。他菸抽得比我還兇，永遠菸不離嘴。他的外表也和我們第一天見面時一樣，總是一副落拓不羈的模樣。他從來不和別人講話，也沒有人來拜訪他。我從來沒見過他看向我這邊。結論是，這個人非常的自我中心。他從不把任何人、任何事放在心上，他唯一關心的是他的照片——老是拍同樣的浪花、同樣的海灘。他的生活很容易預測，我不需要花很多時間觀察。根據時間的不同，他會出現在不同的岩石旁。

一天早上，我沒從窗裡看出去，看他是否在那裡。但一直沒聽到狗叫聲讓我覺得很奇怪，狗一直是到處跟著他的。我很訝異地發現他的車子也不在。突然，我在這時候想起了菲利斯，自一個半月以來，我到了這裡之後就沒打過電話給他，是該打個電話給他了。我拿起手機，在通訊錄裡搜尋他的號碼。

「菲利斯，我是黛安。」他一接起手機，我就開了口。

「不認識。」

他掛了我的電話。我再打一次。

「菲利斯別掛電話。」

「妳終於想到我了。」

「對不起，我知道我早該打通電話的。」

「妳什麼時候回來？」

「我不回去，我要留在愛爾蘭。」

「妳的新生活過得多采多姿吧？」

我跟他說我的房東很和藹，我好幾次被請去她家吃飯，這裡的居民也都很親切，每個人都熱情歡迎我，而且我常到酒館去喝一杯。忽然傳來汽車聲，讓我熱切敘述的口氣停頓了下來。

「黛安，妳還在嗎？」

「在，在，請等我兩分鐘。」

「有人上門拜訪妳？」

「不是，是我的鄰居回到他家了。」

「妳有個鄰居？」

「對，但我寧願沒有。」

我對菲利斯說起愛德華來。

「黛安，妳能不能別說得那麼衝動？」

「對不起，但這個人實在讓我受不了。你呢，你那邊有什麼新聞？」

「這裡一切都好，這時候，『快樂的人』到下午五點才開門，還不壞，有點小收入。我還辦了一場情色文學的晚會。」

「你太誇張了。」

「我可以向妳保證，如果有人以我的生活爲題材，一定會得獎的。妳走了以後，我時間變多了，我簡直天天盛會，我的夜晚棒得沒話說。妳貞潔的小耳朵大概會受不了我跟妳說這些。」

掛了電話以後，我意識到三點：第一，菲利斯就是菲利斯，他永遠不會改變；第二，我很想念菲利斯；第三，我的鄰居不值得我這麼注意他。我很俐落地拉起窗簾，不再留意他。

我讓自己振作起來，試著看了一點書。但是今天下午又完全不行了。我不知道這是因爲我讀的安諾德．英卓達尙（Arnaldur Indridason）的偵探小說氣氛太過陰森，或者是因爲有一陣冷空氣襲著我的背。我兩隻手凍僵了。小屋裡比平常還要沉寂。我站起來，看著落地窗外，外面是壞天氣。天上是大片烏雲，今天晚上夜色比平時更早降臨。我很後悔沒在壁爐上生起火。我摸摸暖氣爐，很訝異它竟然是冷的。如果暖氣爐壞了，我會凍死的。我想把燈點亮。第一盞燈不亮，再試另一盞燈，結果也是一樣。我打開所有的燈，才發現家裡根本沒電。一片漆黑，我一人在家，孤伶伶的。

即使很爲難，我還是去敲愛德華家的門。我拍打得手都疼了起來。一直沒人應門，我走到窗邊往裡頭張望。如果再讓我一個人獨處，我會瘋了的。我忽然聽見背後傳來一個聲音，讓我嚇了一跳。

「妳來我家做什麼？」有人在我背後問話。

我倏地轉過身。愛德華高大的身影罩著我，我往旁邊退了一下。我變得沒有理由的害怕起來。

「我不該來的……我……我……」

「妳什麼？」

「我不該來找你的。我不打擾你了。」

我倒退著離開，兩隻眼睛還是看著他。我不小心絆到了一顆石頭，跌得我四腳朝天，一屁股落在泥濘裡。愛德華走近我，他似乎很生氣，不過他還是伸出手想扶我站起來。

「不要碰我。」

他站在那裡沒動，彎起了他的眉毛。

「我似乎惹到了一個法國瘋女人。」

我努力站起來。聽見愛德華的冷笑聲，我用跑的回家，把門鎖上，窩到床上去。雖然我身上穿著好幾件毛衣，披著棉被，我還是冷得發抖。我把婚戒緊緊握在手中。屋裡一片漆黑，我很害怕。我哭了，哽哽咽咽的讓呼吸不順暢。我把自己蜷縮成一團，咬著枕頭，以免大叫出聲。

我睡得片片斷斷的。半夜裡，還是沒有電力。我只好打電話給唯一能求救的人。「媽的，妳不知道現在是半夜睡覺時間嗎？」菲利斯在同一天接到我第二通電話很惱火。

「對不起。」我不禁哭了起來。

「妳怎麼了？」
「我好冷，我家裡一片漆黑。」
「怎麼會？」
「從昨天下午開始我家就沒電了。」
「妳找不到人幫妳嗎？」
「我去找過鄰居，但我不敢打擾他。」
「爲什麼？」
「我懷疑他是連續殺人犯。」
「妳想太多了。」
「我沒有電，我該怎麼辦？」
「妳有沒有檢查是不是跳電了？」
「沒有。」
「那去檢查一下吧。」
我照菲利斯說的做。手機不離耳邊，我按了一下電表裡的一顆按鈕，接著所有的燈都亮了。電暖爐也開始運作。

「現在好了嗎？」

「好了，謝謝。」

「妳確定妳一切都好嗎？」

「確定，你去睡吧，眞不好意思吵醒你。」

我隨即掛掉電話，癱倒在地。我眞的就如我爸媽說的，靠我自己一個人什麼問題也解決不了。我眞想打我自己。

4

震耳欲聾的聽音樂，我都忘了這會讓我有什麼樣的感覺。我猶豫了很久才打開音響。從前這種事根本是反射動作，想都不用想。

跳電的意外使我的生活方式有了改變。我強迫自己更常出門，每天到海灘上走一個小時，白天在家裡也試著不再老是穿著睡衣走來走去。我想辦法讓自己融入大家，不再讓自己陷入半瘋癲的狀態。一天早晨，我發現自己心情平復了許多，忽然很想要有音樂，也開了音樂來聽。當然，我還是哭了，快樂的狀態並沒有持續很久。

第二天，我還是聽了音樂，甚至隨著音樂起舞。我終於找回我過去的習慣。我自己一個人樂得在客廳裡跳起舞來。在牧勒哈尼唯一的不同是，我不需要戴耳機，可以盡情享受音樂。

「The dog days are over, the dog days are done. Can you hear the horses? 'Cause here they come.（大熱天已經結束了，大熱天已經過去了。你聽見馬的聲音嗎？因爲牠們到來了。）」我隨著 Florence and the Machine 的歌聲一同起舞。這首音樂我非常熟悉，每個音符我都哼唱得出來。我扭動來扭動去，甚至些微出了一些汗，我的馬尾晃蕩來晃蕩去，臉頰一定也泛紅了。突然，傳來一陣和音樂節奏不符的敲打聲。我降低音量，敲打聲還是在。我手裡拿著遙控器，走近大門邊，發現大門微微震動。我數到三才開門。

「你好，愛德華，有什麼事嗎？」我臉上帶著最燦爛的微笑問他。

「請把這鬼音樂的音量關小。」

「你不喜歡英國的搖滾音樂？你的同胞……」

他在我牆上拍打了一下。

「我不是英國人。」

「這看得出來，你沒有英國人那麼冷靜。」

我還是堆著滿臉笑意。他握緊拳頭，又鬆開拳頭，閉上眼睛，深呼吸一口氣。

「妳是故意找我麻煩。」他聲音沙啞的說。

「沒這回事。我要找的不是像你這種麻煩。」

「妳給我小心點。」

「是啊，說得我真害怕。」

他伸出一根指頭，點點我的方向，下巴咬得緊緊的。

「我只麻煩妳一件事，就是把音樂的音量關小。我在暗房裡被這聲音吵死了。」

我大笑起來。

「你真的是攝影師？」

「這關妳什麼事？」

「是不關我的事，不過你一定要這麼沒教養嗎？」

我如果是個男人，他大概會讓我飽享一拳。我接著說：

「攝影是藝術，從事這個藝術的人必須很敏感、很感性。你大概就是完全不具備這些。結論是，你不適合攝影這個行業。好了，和你的這番談話很有意思……但是對不起，我還有事情要做。」

我用目光挑釁著他，手裡還一邊把遙控器對準音響，將音量開到最大。

「Happiness hit her like a bullet in the head. Struck from a great height by someone who should know better than that. The dog days are over, the dog days are done.（幸福

像顆子彈射中他的頭。是被一個更懂幸福的人擊中。大熱天已經結束了，大熱天已經過去了。）」我大聲唱著，也手舞足蹈起來，順勢把門當著他的面關上。

我更加開懷地唱唱跳跳起來，讓他氣得說不出話來。眞是太過癮了，我還想這麼玩下去，想讓他一整天都報銷。像他這種人待會兒一定會去到酒館，去那裡讓自己靜一靜。

和上一次不同，我這次進酒館表現得文明多了。我舉舉手向所有的客人打招呼，並且臉上帶著笑容。我點了一杯紅酒，先付了酒錢，坐在離我的鄰居有一段距離的位子上。

他的臉色比平常更加難看，我大概眞的很讓他受不了。他把玩著打火機，嘴閉得緊緊的。他一口喝乾了啤酒，示意酒保再給他一杯。他眼睛直直看著我，我向著他舉杯致意，喝了一口酒。我忍住沒把酒給吐出來，這紅酒虧它還稱爲紅酒，實在難喝極了。我想太多了，在愛爾蘭這個只喝健力士啤酒的偏僻的村子裡，難道能找到有年份的紅酒喝嗎？不過，這一點也不妨礙我繼續以目光挑釁愛德華。

我就這樣激怒了他半個小時，最後我還是贏了。他站起身，離開了酒館。我贏了這一局，我今天終於做了點什麼事。

我等他走了幾分鐘後才離開酒館。天色已經暗了，我緊裹著大衣。這時候是十月底，已經讓人越來越能感受到冬天的寒意。

「我就知道。」突然傳來一個沙啞的聲音。

愛德華在我的車子旁邊等著我。他看起來異常冷靜。

「我以爲你回家了。你不必回去沖洗照片嗎？」

「妳今天糟蹋了我一卷底片，沒有資格跟我談我工作的事。妳根本連工作是什麼也不知道。」

他不等我回答，又緊接著說道：

「我不需要認識妳就知道妳整天閒著沒事做。妳難道沒有家人或朋友在別處等著妳嗎？」

我激動得說不出話來，他又繼續說道：

「顯然，沒有人在等妳！誰要妳這種人？妳大概有過男人，但他大概被妳煩死了……」

我不由得舉起手來打他，很用力地打在他的臉頰上。

他撫撫臉頰，嘴角帶著微笑說：

「我說到妳的痛處了？」

我的呼吸加速，不由得流下了眼淚。

「我瞭解，他不要妳了。難怪他會不要妳。」

「讓我走。」我要上車，但他堵住了我的車門，我因此對他大叫。

他抓住我的手臂，眼睛直直看著我。

「別再對我做這種事，勸妳最好還是買機票回法國吧。」

他突然放開了我，消失在黑夜中。我用手背擦擦眼淚，全身發抖得好厲害，抖得連鑰匙都拿不住，掉到了地上。我看著愛德華的車子呼嘯而去，心想這個人眞是危險分子。

我席地坐在客廳中央，室內只有微弱的光線。第一瓶葡萄酒已經快被我喝光了。我用菸頭點燃第二根菸。最後，我拿起了電話。

「菲利斯，是我。」

「在妳那裡有什麼新鮮事嗎？」

「我已經受不了了。」

「妳說什麼？」

「我試過了，我也強迫我自己，但我就是做不到，我走不出來。」

「事情會過去的。」他溫柔地對我說。

「不，事情過不去的，我沒有辦法，我真的沒有辦法。」

「這幾天妳一定覺得很難受，克拉拉的生日勾起妳太多回憶。」

「你明天去看看她，好嗎？」

「會，我會去看她的……妳回來這裡吧！」

「晚安。」

我蹣跚地走到廚房裡。我放棄葡萄酒了，把柳橙汁加入蘭姆酒裡，一隻手拿杯子，另一隻手拿酒瓶，喝個痛快。一直到凌晨，我只做三件事，喝酒、抽菸，還有哭。天亮的時候，肚子開始絞痛，我趕緊到廁所去，身體起一陣痙攣，一陣痛似一陣。我一直吐，感覺好像吐了好幾個小時。我連衣服都沒脫下就去洗澡。我坐在蓮蓬頭下，屈著兩隻腳，一邊前後晃動著身體，一邊呻吟。熱水變溫，然後變冷，最後變得冰涼。

我濕了的衣服放在浴室地磚上。換上乾淨、乾爽的衣服並沒有讓我覺得舒服一點，就連穿上柯藍的運動衫也一樣。我將帽兜戴上，便出門去了。

我還有力氣走到海灘上。躺在海灘上，看著洶湧的大海；雨打在我臉上，風和沙子吹襲著我。我想永遠地沉睡下去，我應該和柯藍、克拉拉在一起。我找到了一個好地方跟他們會合。我迷失在夢境與現實之間，一點一點的失去意識。我的四肢發麻，慢慢地沉陷。天色越來越陰暗，一陣暴風雨促使我離開。

一隻狗在我旁邊吠叫。我感覺得到牠在聞我，牠用鼻子碰了我好幾下，要讓我有所反應。遠處有人吹口哨的聲音，狗尋聲而去。我也準備回家去了。

「妳在這裡做什麼？」

我認出了愛德華沙啞的聲音，突然感覺害怕。我縮起身子，用盡全部的力量閉起眼睛，把一隻手放在自己頭上以保護自己。

「滾開，讓我一個人靜一靜。」我對他說。

我感覺到他把手放在我身上，突然電流一竄。我手腳都舞動起來，想要把他甩開。

「放開我！」

我終於甩開他的手，試圖站起來，但我太疲弱了，反而跌了一跤。我跌落在愛德華的臂彎裡。

「別說話，讓我來。」

我無法反抗他。我出於反射動作，一隻手攀著他的脖子。他的身體幫我擋住了風的吹襲。雨停了，我們來到了他家，他攙扶著我上樓梯。他用肩膀撞開了一道門，走進房間裡，把我放在床上。我還是垂著頭，彎著腰。我用眼角瞥見了他脫掉外套，把它甩在房間一角。他消失了幾分鐘以後，再出現時，脖子上圍著一條浴巾，手上也拿著一條浴巾。他蹲在我面前，幫我擦擦額頭和臉頰。他的手好大，他掀下我的帽兜，解開我的頭髮。

「脫掉妳的毛衣。」

「不。」我搖搖頭，以啞著的嗓子跟他說。

「妳一定要脫掉，不然妳會生病。」

「我不脫。」

我發抖得越來越厲害。他彎身向著我，脫掉了我的鞋子和襪子。

「站起來。」

我扶著床站起來。愛德華幫我脫掉了柯藍的運動衫。我失去了平衡，他扶住我的腰，讓我靠在他身上一會兒後才放開我。他解開我牛仔褲上的釦子。他扶著我好讓我能脫下牛仔褲。在他幫我脫掉T恤的時候，他的手輕輕觸碰到我的背，我害羞的用手抱住胸前。他在衣櫃裡翻翻找找，拿來了一件襯衫幫我穿上。回憶忽然湧上我心頭，淚水忍不住就流下來。愛德華把襯衫上的每個釦子都扣上，並且把我掛在項鍊上的婚戒放進襯衫裡。

「躺下來。」

我躺了下來，他把鴨絨被蓋在我身上，理理我額頭上的頭髮。我感覺到他離開了一下。我的呼吸急促，淚水更是決堤。我睜開眼睛看著他，他用手撫了撫我的臉，然後離開。我感覺到襯衫底下的婚戒，把婚戒緊緊握在手中。我把自己像胎兒一樣蜷縮起來，把頭深深埋進枕頭裡。然後，我就睡著了。

我不想醒過來，不過我的感官已經都醒了。我眨動著眼睛，這房間的牆壁不是灰色的，而是白色的。我伸手到床頭櫃上想點亮床頭燈，不過沒有床頭燈。我猛然在床上坐起來，頭卻忽然好痛，痛得受不了。我按摩兩邊的太陽穴，昨天發生的事迅速在我腦中閃過一遍。但對夜晚的事卻一點記憶也沒有。

我下了床，幾步路卻走得很不穩。我把耳朵貼在門上聽了一會兒後才打開門。走道上一片寂靜。我說不定可以跑掉，不讓愛德華知道。我踮著腳尖往樓梯走去，盡量不發出半點聲音。突然背後傳來一聲清喉嚨的聲音，讓我沒辦法再往前一步。我停住不敢動，愛德華就在我背後。我大大吸了一口氣，才有勇氣轉過身來面對他。他的眼睛從頭到腳觀察著我，猜不透他眼神裡的意思。我這才意識到自己身上穿著他的襯衫。我努力拉著襯衫，好遮擋我的大腿。

「妳的衣服在浴室裡，現在應該都已經乾了。」

「浴室在哪裡？」

「走道盡頭第二個門，別走錯走進了旁邊那個門。」

我還來不及說什麼，他就下了樓梯。他不讓我走進那個房間，反而讓我更加好奇。不過我不想受到好奇心的誘惑。我去拿我的衣服。走進浴室一看，發現這浴室果真是個男人的浴室。浴巾捲成一團丟在旁邊，一瓶沐浴乳，一把牙刷，還有一面看不清影像的鏡子。我的衣服放在晾衣架上則已經乾了。我脫下襯衫，鬆了一口氣。拿在手上的襯衫，不知道該把它放在哪裡。接著我看到了放髒衣服的洗衣籃。我不由自主的洗了把臉，讓我感覺好舒服，人整個清醒了許多。我用我運動衫的袖子擦擦臉。這時候我可以和愛德華面對面了，說不定還能夠回答他幾個問題。

我走到客廳的入口，我晃著一隻腳。帕特跑到我身邊，在我腳邊蹭來蹭去。我摸摸帕特，避免和牠的主人說話。愛德華背著我，人在廚房的吧檯邊。

「來一杯咖啡？」他突然問我。

「好。」我一邊走向他一邊回答。

「妳餓了嗎？」

「我晚一點再吃，一杯咖啡就好了。」

他盛了一盤東西，放在吧檯上。炒蛋的味道讓我頓時吞了口口水。

「坐下來吃吧。」

我想也沒想的就照他說的做了，一來是因爲我餓壞了，再來是因爲他的口氣不容別人不照著做。愛德華站在一旁，手裡拿著一杯咖啡，嘴裡叼著根菸，緊盯著我看。我用叉子叉著食物送到嘴邊，瞪大了眼睛。有時候，我從盤子裡抬起頭看，我猜不出他心裡在想什麼，也很難久久注視著他。我開始觀察四周的景象。愛德華家裡可眞是亂七八糟，什麼東西都亂丟，照相器材、雜誌、書、幾疊衣服，還有菸灰缸，裡面菸蒂半滿。愛德華把一包菸推過來給我，我轉頭看他。

「看得出來妳很想來根菸。」

「謝謝。」

我從椅子上下來，抽了根菸，並走到大落地窗前。

「愛德華，我必須跟你解釋昨天發生了什麼事。」

「妳不必解釋，昨天的情況不管發生在誰身上，我都會幫忙的。」

「事情不是你想的那樣，我想要你瞭解，我通常不會做出像昨天那樣的舉動的。」

「我才不在乎爲什麼昨天妳會那麼做。」

他走到大門入口，開了門。這傢伙竟然要打發我走了。我最後又摸了摸老是跟在我旁邊的狗，然後從愛德華面前走過，走出了門。我和他面對面，直直看著他的雙眼，沒有人像他這麼沒感情。

「再見。」他對我說。

「如果你還有什麼需要幫忙的，請別客氣。」

「我不需要了。」

他當著我的面關上了門。我站在那裡好一會兒，這人眞是教人受不了。

菲利斯扮演了心理治療師，常常聽我講電話講好幾個小時。我又度過了一次危機，人還是撐了下來。我要再一次試著治好我自己。

我正在想什麼辦法才能治好我自己的時候，有人敲了門。沒想到敲門的是我的鄰居愛德華。自從一個禮拜前我離開他家以後，我就沒再見到他。

「妳好。」他很和緩地說。

「你好，愛德華。」

「我想麻煩妳一件事。妳能幫我看著狗嗎？」

「通常不是阿碧和傑克幫你看狗的嗎？」

「我這次要離開比較久，不方便留狗在他們家。」

「你說比較久是多久？」

「兩個禮拜以上。」

「從什麼時候開始幫你看狗？」

「現在。」

他眞是有膽子。他車子的引擎還發動著，託我看狗的事簡直就是不容我拒絕。

他見我沒有立刻答應他，苦笑了起來，對我說：

「好吧，算了。」

「我能不能考慮一下？」

「考慮？看狗有什麼好考慮的？」

「既然你都開口了，好吧，把狗帶來。」

他打開越野車的後行李廂，帕特就從裡面跳出來。帕特比牠的主人有感情多了，牠一直在我旁邊打轉，這不禁讓我微笑起來。

「我走了。」愛德華說。

他已坐進駕駛座。

「等一下，牠沒有狗繩嗎？」

「沒有，妳只要吹聲口哨，牠就會過來。」

愛德華關起車門，發動車子。他還是一副討人厭的樣子。車門在我面前砰的一聲關上。

我已經當了三個禮拜的狗保母。整整三週。愛德華才沒把我放在心上。不過狗很乖，牠現在成了我最好的朋友。其實可以說是我在這裡的唯一朋友。牠跟著我到處去，跟我一起睡覺。我開始和牠說起話來，但這讓我有點害怕，怕自己像老太太般的老是跟她的小狗講話。即使這條狗一點也不是小狗，而是介於驢子與熊之間的大狗。很難說牠是什麼品種的狗。

我現在知道了有狗作伴的樂趣，我喜歡這個，只除了有時候牠會跑開。幾乎每天在海灘上散步時，牠都會跑掉一陣子，我再怎麼吹口哨都沒有用。今天我就特別擔心，因爲牠消失太久了。

我在海灘上跑了起來，渾身是汗。我跑得氣喘吁吁，低垂著頭，兩手放在膝蓋上調整著我的呼吸。在這時候，我聽見帕特的吠叫聲。牠跑到我這邊來，在牠旁邊還跟著一個女生。我瞪大眼睛看個清楚。她走近前來，大約和我同齡，身上穿著一件迷你褶裙，和一雙半筒皮靴，上身則是一件低胸的衣服，外面再搭著一件皮衣。她一頭赤褐色的鬈髮。在離我還有一點距離的時候，她撿起一根木頭，遠遠地拋去，讓狗去追。

「去追吧，帕特。」她笑著說。

她一直走到我身邊，臉上依然帶著笑容。

「妳好，黛安。」她對我說。

「妳好。」我訝異地回她。

「聽說妳在幫愛德華看狗。我是來看看狗是不是給妳添了麻煩。」

「沒有，都還好，除了今天。」

「我也數不清有多少次追著帕特跑，跑到我跑不動。帕特只聽愛德華的話。再說，誰願意像我哥哥那樣瘋狂？」

她大笑出聲，而我呢，我不確定完全聽懂了她的話，她說起話來滔滔不絕。

「愛德華是妳哥哥？」

「對。啊，對不起，我還沒介紹我自己，我是朱蒂絲，愛德華的妹妹。」

「我是黛安，妳已經知道了。」

「我能到妳家喝一杯嗎？」
她的手臂挽著我的手臂，我們往我的小屋方向走去。這個女孩一點也不像是愛德華的妹妹，他們的父母親怎麼可能生出這麼不同的兩個孩子。他們唯一的共通點是眼睛的顏色，朱蒂絲和愛德華一樣，都有藍綠色的眼珠。
我請她進我家門，她一進門立刻癱坐在沙發裡，把腳擱到矮桌上。
「妳要咖啡或是茶？」
「妳是法國人，那妳應該有一瓶好喝的葡萄酒。現在是喝酒的時間。」
五分鐘後，我們舉杯。
「黛安，我不相信妳跟我哥哥一樣野蠻不文。妳爲什麼要住在這裡？這裡是很美沒錯，但是妳怎麼會想住在這裡？」
「住在這裡是諸多經驗中的一種，面對大海獨居，這種經驗很難得。妳呢？妳住在哪裡？」
「我住在都柏林的一個酒館附近，哪天妳該來看看。」
「說不定哪一天我會去。」
「妳要在這裡待多久？妳不工作嗎？」

愛米粒出版
Emily

廣 告 回 信
台 北 郵 局 登 記 證
台北廣字第04474號

平 信

To: 愛米粒出版有限公司 收

地址：台北市10445中山區中山北路二段26巷2號2樓

當讀者碰上愛米粒

姓名：________________ □男 / □女：_____ 歲

職業 / 學校名稱：________________

地址：________________

E-Mail：________________

- 書名：快樂的人看書並喝咖啡
- 這本書是在哪裡買的?

a.實體書店 b.網路書店 c.量販店 d. ____________

- 是如何知道或發現這本書的?

a.實體書店 b.網路書店 c.愛米粒臉書 d.朋友推薦 e.____________

- 為什麼會被這本書給吸引？

a.書名 b.作者 c.主題 d.封面設計 e.文案 f.書評 g.____________

- 對這本書有什麼感想？有什麼話要給作者或是給愛米粒？

※ 只要填寫回函卡並寄回，就有機會獲得神祕小禮物！

讀者只要留下正確的姓名、E-mail和聯絡地址，
並寄回愛米粒出版社，即可獲得晨星網路書店$30元的購書優惠券。
購書優惠券將mail至您的電子信箱（未填寫完整者恕無贈送！）

得獎名單將公布在愛米粒Emily粉絲頁面，敬請密切注意！
愛米粒Emily: https://www.facebook.com/emilypublishing

愛米粒出版有限公司
Emily Publishing Company, Ltd.

「我這陣子不工作。妳呢？」

「我最近幾天放假，不然我都是在港口附近工作。我負責調度貨櫃，這個工作一點也不有趣，但薪水可付房租，支付一堆開銷。」

她繼續嘰嘰呱呱地說個不停，她眞的是個愛說話的人。忽然又不知哪一根筋想到，她突然站起來說道：

「我要走了，阿碧和傑克在等我。」

才說著，人就走到了大門邊。

「等一下，妳忘了妳的菸。」

「妳留著吧，這是走私貨。我和碼頭工人的小約定。」她邊說邊向我眨眨眼。

「妳要用走的過去？天已經黑了，我載妳一程吧。」

「用不著，我還想走路運動運動呢。明天見！」

朱蒂絲第二天果然又來了。第三天也是。她三天都到我家，進入了我的私人天地。奇怪的是，她並不會讓我覺得不能喘息。她會逗我笑，是個天生的挑釁者。她有像義大利女演員一樣的美豔外表，但她一開口說起粗話誰也擋不了；總之，她這個人是個奇異的組合。她滔滔不絕地把她一則則離奇的愛情故事說給我聽。因為她有自信，什麼都不怕，所以常常能吸引和她有接觸的帥哥。

這天晚上，她留下來和我一起吃晚飯。她吃得很多，喝起酒來簡直像個男人。她解開她牛仔褲的釦子，對我說：「這件事只有我們兩個人知道，好嗎？」

我開門讓一直想到戶外的狗出去。

「為什麼我哥哥會把他的狗交給妳看顧？」

「他幫過我的忙，我欠他的。」

她看著我，一臉不相信的樣子。我坐在沙發上，把腿打彎，將腳壓在屁股下。

「愛德華一向都是這樣嗎？」我突然這麼問她。

「妳說『都是這樣』是指怎樣？」她問我。

「有點粗野，野蠻，不愛說話……」

「這個啊？沒錯，他一直都是這樣。他從小就是這副死樣子。」

「真是，我要怪起妳爸爸媽媽了。」

「阿碧沒跟妳說嗎？是阿碧和傑克兩個人撫養我們長大的。我媽在生下我的時候就去世了，那時愛德華六歲。我爸不願意照顧我們，就把我們託給阿碧和傑克。」

「對不起，我不知道……」

「沒什麼好對不起的。阿碧和傑克是好父母，我不缺父愛和母愛。我從來不會說我是孤兒。」

「你們從來沒和妳爸爸在一起生活？」

「要是他願意離開一下他的辦公室，我們就和他一起住幾天，不過和他生活簡直就像是在地獄。這都是因爲愛德華。」

「他不高興看到自己的爸爸？」

「才不，他總認爲我們的爸爸媽媽拋棄了我們。他非常不諒解。雖然他對爸爸非常仰慕，但只要他們兩個人出現在同一個房間裡，氣氛就變了。」

「怎麼會這樣？」

「愛德華和爸爸簡直是一個模子印出來的。他們兩個人很容易吵起來，幾乎一見面就是吵架。」

「妳呢？妳卡在中間？」

「沒錯，妳可以想像那種氣氛。」

「現在他們還是會吵架？」

「爸爸已經去世了。」

「喔……」

她輕輕地笑起來，點燃了一支菸，空茫的看著前方，然後說：

「一直到最後，他們還是會吵架，不過在爸爸生病期間，愛德華一直陪在他身邊。他在爸爸床頭一坐就是幾個小時。我想最後他們還是和解了。我從來不知道他們後來彼此之間說了什麼。愛德華不願談起這件事，他只是跟我說，爸爸最後是很平靜地離開。」

「那時候你們幾歲？」

「我十六歲，愛德華二十二歲。爸爸去世後，愛德華立刻說他是一家之長，要照顧我。愛德華來找我，阿碧和傑克插不上手，我們便搬出來一起住。」

「他怎麼扛得起這些？」

「我也不知道。他要上學，還要工作，並且要照顧我。他年紀越大，身上的保護殼越厚，保護自己不受外界的侵擾。」

「他沒有朋友嗎？」

「有少少的幾位。要他信任別人簡直是不可能的事。他總覺得他會被出賣或是被拋棄。他教我怎麼獨立過活，不要信任任何人。他向來很保護我，如果有人讓他覺得對我太過膽大妄爲，他會毫不遲疑給人家一拳的。」

「他很暴力？」

「不至於，只有別人挑釁的時候他才會還擊。他是那種不會讓別人欺人太甚的人。」

「我想我大概就是對他太過分了。」

她瞇著眼睛看著我。

「妳總不至於怕他吧？」

「我不知道，但是他對我一直很不客氣。」

她大笑出聲。

「妳住在這裡的確是干擾了他。但妳別擔心，他做人是很有原則的。他從來不會對女人動粗，甚至是那種見女人有難，他就會伸出援手。」

「我很難想像妳說的這個人是我的鄰居。」

朱蒂絲明天要到都柏林去了，但她今天還陪著我和帕特到海邊散步。我們坐在海灘上，她再一次想對我多瞭解一點。

「妳隱瞞了一些事。妳來這裡做什麼呢？阿碧不知道妳的事，我也不知道妳的事，我眞是難以接受。」

「我自己沒什麼好說的。我的人生沒有什麼特別的。不騙妳。」

我起身去找帕特，牠又不知道跑到哪裡去了。我往通往小屋的小徑跑去，總是擔心會有車子撞到帕特，或是愛德華回來發現帕特沒人管著。

我用手去抓帕特的項圈，把牠拉回海灘。在這時候，愛德華的越野車開到了小屋前。爲了證明我掌控得了狗，我緊緊地拉著狗，直到愛德華走到我身旁來。狗看到主人回來非常的高興，愛德華則直盯著我看。我們兩人站在那裡彼此打量對方。

然後傳來了一尖聲大叫。朱蒂絲跑著過來，撲進她哥哥的懷裡。我隱約看見愛德華臉上出現一抹微笑。朱蒂絲終於鬆開了他。她看著他，皺起眉來。

「你臉色不太好看。」

「妳少來了。」

他擺脫朱蒂絲，轉過身來對我說：

「謝謝妳幫我看狗。」

「不客氣。」

朱蒂絲一邊看看我，一邊看看他，然後鼓起掌來。

「這是什麼對話。愛德華你總共只說了一句話。黛安，平常妳話還說得多一點。」

我聳聳肩。

「朱蒂絲，夠了。」愛德華不高興地說。

「阿碧和傑克在等我們。」他又說。

「讓我跟我的新朋友黛安道別。」

愛德華先走開了。朱蒂絲把我抱在懷中。

「我兩個禮拜後再回來，回來過耶誕節假期，我到時候再來看妳。」

我留在海灘上，看著他們兩個人離開。朱蒂絲像個孩子一樣在愛德華身邊蹦蹦跳跳，很高興跟他在一起。而愛德華雖然表面上看不出來，但他應該也跟她一樣的高興。

5

我已經快一個禮拜沒有菲利斯的消息了。我一直打電話找他，卻找不到。打了幾次電話之後，他終於接了電話。

「黛安，我忙死了。」

「還是要問候一聲啊。」

「快點說，我為耶誕節的事忙壞了。」

「你準備做什麼？」

「妳爸媽跟我說妳不回家跟他們過節，他們就邀請我去，但我回絕了，他們還試著想要說服我。不過，我決定到希臘米諾科斯去過節。」

「啊！」

「等我回來再打給妳。」

他掛斷了電話，我卻還把話筒貼在耳朵上好一會兒。越來越好了，眼不見心不煩。我爸媽沒有堅持要我回家過節，這一點也不奇怪。他們那當了寡婦而且有憂鬱症的女兒不會讓他們的耶誕餐會增添光彩的。不過菲利斯不能跟我講電話，倒讓我有些難過。

冬日裡出了大太陽，陽光照在我的客廳裡，這是前所未有的現象，然而我卻沒有心情走出家門，到外面散散步。耶誕節快到了讓我心情鬱悶。有人敲門的聲音迫使我離開我的椅子。我打開門，朱蒂絲穿得像小精靈一樣，但是非常性感。她撲到我懷裡。

「這種天氣竟然悶在家裡？去拿妳的手套，我們到外面走走。」

「謝謝妳的好意，但是我不想出去。」

「妳以爲我會讓妳有選擇？錯了。」她一邊說一邊推著我往掛著大衣的衣架走去。

她拿了一頂毛線帽套在我頭上，取了我的鑰匙，關上小屋的大門。

她把所有和耶誕節有關的歌曲都拿出來唱一遍。我忍不住笑了，朱蒂絲總是能逗笑我。她帶著我走過整個港灣，一直來到阿碧和傑克的家。

「是我們！」她一邊跨進大門，一邊叫著說。

我跟著她走進了客廳，她大大的吻了阿碧和傑克。

「黛安，我很高興看到妳。」阿碧很熱情的把我抱在懷中。

傑克則以微笑迎接我，並且在我肩膀上輕輕拍了一下。阿碧家布置得充滿耶誕節氣氛，耶誕樹高得碰到了屋頂，壁爐上放滿了耶誕卡片，矮桌上放著餅乾，《耶誕鈴聲》的歌曲迴響著，該有的都有了。阿碧和朱蒂絲負責讓我放輕鬆。她們一定要我坐下來，朱蒂絲給了我一杯茶，阿碧則遞了一盒餅乾給我。我說她們存心讓我長胖，傑克搖著頭笑開來。

我坐在這裡看著阿碧家中的活動。朱蒂絲席地而坐，包裝著禮物，包好後一一放在耶誕樹下。阿碧則在打毛線，鉤著一隻耶誕節要用的襪子。我則完全置身事外，若是在從前，爲了克拉拉，我會是第一個在頭上戴上尖尖的帽子、撒彩紙的人。

「黛安，再過兩天就是耶誕節了，妳不回法國嗎？」

「不，我不回去。」

我從進門以後就努力帶著微笑，這時微笑已經快掛不住了。

「那來跟我們一起過節吧。這裡只會有我們自己家裡的人。」

這意思就是說愛德華也會參加？我倒是很想看看他怎麼帶動耶誕節的氣氛。

「來吧，我不希望妳一個人待在家裡。」朱蒂絲堅持地說。

我正要回答的時候，門砰的一聲。朱蒂絲站起來，跳到門邊去。

「進來吧。」

我一點也不訝異看到愛德華跟在朱蒂絲的背後走了進來。朱蒂絲並沒有再坐下來，而是跑到阿碧後面，環抱著她，把下巴擱在阿碧肩膀上，看著我，對著我笑。

「說『妳好』啊，愛德華。」朱蒂絲對愛德華這麼說，但她眼睛沒離開我身上。

我抬起頭看著愛德華，免得我笑出來。但他澆了我一頭冷水。他冷冷地看著我。

「妳好。」他低聲說。

「你好，愛德華。」

他走到傑克旁邊，跟他握了握手，然後走到壁爐前。他背著大家，看著火。

「好了，招呼也打了，我們繼續談話吧。」朱蒂絲說。

「我們是很認眞的，和我們一起過耶誕節吧。」阿碧接續剛剛的話題。

愛德華忽然轉過頭來。

「妳說什麼？她要和我們一起過節？」

他的身體緊繃起來，顯然不是很高興聽到這個消息。

「你一定要這麼討人厭嗎？」朱蒂絲對他說，「我們邀請黛安來家裡過節，你沒什麼話好說的。如果你不高興這樣，你不來也沒關係。」

他們兄妹倆之間眞像是要吵起來了。不過，這次愛德華倒看起來沒那麼危險。雖然我很高興看到愛德華鬥不過他妹妹，我還是要表明我自己的意願。

「等一下！我想我有資格說句話。我耶誕節不去，我不過耶誕節。」

「可是……」

「沒有可是。」

「妳高興怎麼做就怎麼做，不過到時候如果妳改變心意，還是可以過來，大門永遠爲妳而開。」傑克對我說。

「謝謝，我該走了。天已經黑了。」

「留下來吃晚飯。」阿碧對我說。

「不了，謝謝。別送我了，我知道怎麼回家。」

朱蒂絲退到一旁。阿碧把我抱在懷裡。我看見阿碧帶著責怪的眼神看著她的姪子。我也去親親傑克的臉頰。我站在愛德華的面前，他只是直直地看著我。

「謝謝。」我低聲地對他說，聲音低得別人聽不到。「我本來就想一個人待在家裡，謝謝你幫我解決了問題。」

「滾開！」他也低聲對我說。

「再見。」我大聲對他說。

他沒回答。我最後揮揮手，朱蒂絲陪我走到門邊，看著我穿上大衣。

「妳爲什麼要逃呢？」

「我只是想回家了。」

「耶誕節那天我會去看妳。」

「不要，我想單獨一個人。妳應該和家人在一起。」

「這都是因爲我這個爛哥哥？」

「他沒這麼重要。他和這一切都沒關係。我該走了。晚安，別擔心我。」我親親她臉頰對她說。

我忘了我剛剛是走路來到阿碧家的。天空正下著雨，淋得我一身濕，天色又已經暗了。我兩手插在口袋裡，慢慢往前走。一聲喇叭聲嚇了我一跳。我停下腳步轉身看，但汽車的燈直照著我的眼睛，看也看不見。發現是愛德華的時候，我好訝異。

他搖下車窗，對我說：

「上車。」

「怎麼突然這麼好心？你沒生病吧？」

「讓妳搭便車，這種好事不是天天有。」

「既然如此，何樂不為。」

我搭上他的車，車裡跟他家裡一樣亂七八糟。為了有個位置坐，我推開了一堆不知道是什麼的東西。儀表板上方堆滿了幾包菸、報紙，還有塑膠咖啡杯塞在門邊。我雖然也抽菸，但是車裡的菸草味眞教我作嘔。我們兩人坐在車裡都不講話。

「妳爲什麼不回法國去？」

「我已經不覺得那裡是我的家。」我簡單的回答。

「這裡也不是妳的家。」

「等一下，你就是因爲這樣讓我搭便車。你又想趕我回法國。」

「妳的事我只在乎妳什麼時候離開。」

「停車。」

他煞了車。我想盡快離開車子，但安全帶卻一下子解不開。

「妳需要幫忙嗎？」

「閉嘴！」我大叫。

我終於脫了身，而且這次是我在他面前砰的一下關上門。雖然只是車門。

「耶誕快樂！」他搖下玻璃窗對我說。

我連看都沒看他一眼，便走路回家。車子駛離的時候，輾過水窪，濺起了水花，從頭到腳噴了我一身。他不只讓我受不了，還讓我疲累不堪。

我全身發抖的回到家中。

今天是十二月二十六日。早上十一點鐘，有人敲著我的門。是朱蒂絲，她迫不及待地走進我家。

「耶誕節過去了！」

她到廚房去爲自己泡了一杯咖啡，然後回到客廳癱在沙發上。

「我想請妳幫個小忙。」

「妳說。」

「每一年我都會辦個新年除夕派對。」

我覺得自己臉色發白。我站起來，點燃一根菸。

「酒館的老闆從小就認識我，我要是請他幫忙，他從來不會拒絕。妳也知道，在牧勒哈尼只有老先生、老太太，他們才不會辦什麼狂歡會。所以，酒館老闆會把酒館借給我，我可以在那裡辦個派對。我們總是玩得很高興。」

「我大概可以想像。」

「每一次我的朋友都會來，派對總是精彩極了。我們喝酒，我們唱歌，我們在桌上跳舞……今年，還有個法國女人會跟我們在一起。」

「啊，在牧勒哈尼有兩個法國女人？」

「別呆了，黛安。妳不慶祝耶誕，沒問題。妳不是唯一和家人有問題，以致不想慶祝的人。不過新年除夕是朋友之間的聚會，該來玩一玩的，妳不能拒絕我。」

「妳對我要求太多了。」

「爲什麼這麼說？」

「我不說了。」

「好吧，我希望妳能來。」

我皺了皺眉頭。

就另一方面來說，她也和她哥哥一樣煩人。我閉上眼睛，嘆了一口氣，然後才開口對她說：

「好吧，我去，但是我不想待很久。」

「妳到時候來就知道了。我要開始去準備了。」

她像陣龍捲風一樣離開了。我癱坐在椅子上，把頭埋在手中。

我終於說服了朱蒂絲在服裝上我不需要她的幫忙。我還知道怎麼穿衣服，而且從她的穿衣品味來看，她的建議恐怕不適合我。

我看著自己在房裡穿衣鏡中的樣子，覺得自己好像變了裝。我久久看著鏡子裡的自己，發現自己老了，臉上有了皺紋，近看也有一些白頭髮。然後我想到了柯藍。於是，我化起妝來想遮掉臉上的憂傷痕跡。我也畫了眉毛、眼線，好讓我的眼睛看起來更有精神。我將頭髮綰成一個髻，脖子下面垂下幾綹頭髮。全身穿著黑衣黑褲，裸了背部，足蹬一雙平底鞋。我唯一的首飾，是垂掛在我胸前的那枚婚戒。

我來到了酒館前，停車場都停滿了車，派對已經如火如荼地展開。我即將面對一群陌生人。我必須面帶微笑、說話，感覺這些事超過了我的能力範圍。

我推開門，深吸了一口氣，很訝異裡面很熱絡。酒館裡擠滿了人，到處有人唱歌、跳舞，有人歡笑。無庸置疑的，愛爾蘭人很懂得歡慶。我從來沒見過這個場面。我很快就發現了朱蒂絲人在哪裡，她那一頭獅子似的頭髮很容易辨認。她穿著黑色的皮長褲，紅色的短背心。我擠到她身邊，輕輕地拍她的肩膀，她轉過身，似乎有點心神不安寧。

「黛安，是妳？」

「對，是我。」

「我相信妳是個具有致命吸引力的女人。討厭，等一下我的光彩都會被妳搶走了！」

「別說這種話，不然我要走人了。」

「沒這回事，妳既然來了，就要待下來。」

「我跟妳說過了，鐘敲十二響的時候，我就要像灰姑娘一樣溜走了。」

她消失了一會兒，再出現的時候給了我一杯酒。

「喝吧。」

然後，她帶著我，把我介紹給一大堆人。每個人都很迷人，而且大家都面帶微笑，一副今晚要好好玩得開心的模樣。派對的氣氛很好，喝了好幾杯酒後，我終於放鬆了許多，也跟著融入整個派對中。

靠著我的微笑，我來到了吧檯邊。我的杯子已經空了好一陣子，如果我要撐到新的一年到來，我沒有別的選擇，只能繼續喝酒，不計較喝了多少。我感覺到我旁邊有個人，但我不在乎，繼續攪拌我的雞尾酒。如果說我的蘭姆酒酒精度已經很高了，在吧檯旁邊這位老兄的威士忌酒精度則更是高到無法形容。我認得旁邊這個人的手，不知道曾在哪兒見過。我抬起頭來，一看，在吧檯旁的竟然是愛德華。他一邊啜飲著，一邊看著我。我感覺自己好像置身在金屬探測器旁邊。

「我妹妹又要起她的個性來了。」他苦笑著說，「她老是喜歡呼朋引伴。」
「你呢，你今天晚上又惹了多少人不開心？」
「就妳一個。其他人是我的朋友。」
「誰願意跟你交朋友。」
我轉身就走。看來今天晚上不會太好過。

我聽著別人的談話，朱蒂絲陪在我旁邊，她擔心我會溜掉了，所以緊緊盯著我。有一個光頭男吸引了我的注意力，我推開周遭的人群走近那個人身邊。
「菲利斯！」
他轉過身來，看見了我，並往我的方向跑過來。我投進他的懷抱中，他一把抱起我在空中旋轉。我在他臂彎裡又哭又笑。他緊緊抱著我，有菲利斯這緊緊一抱，所有的不快都煙消雲散。
「我一收到妳的簡訊就抗拒不了。」
「謝謝你來！我好想你！」

他鬆開了我，用兩隻手扶住我兩邊的臉頰。
「我早就告訴妳，妳甩不掉我的。」
我打了一下他的頭，他又把我抱在懷中。
「看到妳眞好。」
「你會在這裡待多久？」
「我明天晚上就離開。」
我攬著他的腰。
「我們喝一杯？」
我牽著他的手走到吧檯。他一口喝乾了一杯，又倒了第二杯。他也沒忘了幫我斟上酒。
「妳看起來精神好多了。」
「我今天晚上爲了朱蒂絲特別打起精神來。」
「朱蒂絲是哪一位？」
「用不著找我，我在這裡。」
我轉向朱蒂絲，臉上帶著笑。

「妳應該告訴我妳的男人會來找妳。」朱蒂絲有點賭氣地說。

「我的什麼？」

「啊，就妳的男人啊！」

「他不是我的男人，他只是菲利斯……朱蒂絲，我跟妳介紹，他是我最要好的朋友。」

她用眼神探測著我，然後挺起胸、踮起腳尖，在菲利斯的臉頰上印上一個吻。

「黛安能請你來眞是太好了。」她對他說，「我很高興能認識新朋友，眞的很高興。」

她半歪著頭，非常仔細地打量菲利斯。菲利斯顯然完全符合她的標準，他穿著皮外套，深V領的襯衫直開到肚臍，還有他的大光頭。

「非常高興認識妳。」菲利斯一臉迷人笑容的對她說。

「我也是。我希望我們有機會多認識。」

「別擔心，我們有一整夜的時間能多聊聊，不過有件事我必須先告訴妳。」

「喔，什麼事？我洗耳恭聽。」她眨著眼睛回答他。

「我們之間是不可能發生任何事的。」

「啊，我從來沒這麼快就碰壁的。是因爲我哪裡得罪你了？還是因爲我哪裡怎麼了？」

「都不是，只是因爲妳不是男的。」

我抬起頭看天花板，朱蒂絲則大笑。

「好，瞭解。至少幫助我把黛安留到明天凌晨。」朱蒂絲對菲利斯這麼說。

「這我知道該怎麼做。」

他給了我一杯很烈的雞尾酒。酒讓我喉嚨發起燒來，但我不在乎。我知道跟他們兩個人在一起，我是抵擋不了多久的。

很快就到半夜十二點了，所有的人都在倒數計時，只除了菲利斯和我。我們兩人遠離人群，手牽著手。當大家數到零，互道新年快樂的時候，我把我的頭靠在菲利斯的肩膀上。

「黛安，新年快樂！」

「新年快樂。來吧，我們去找朱蒂絲。」

我拉著菲利斯往前走，很快地就發現了朱蒂絲人在哪裡，但我停下了腳步。

「爲什麼不走了呢？」菲利斯不解的問。

「她正和她討人厭的哥哥在一起。」
「她哥哥長得滿帥的。」
「長得帥才怪！你不知道他有多麼惹人煩。他是我的鄰居。」
「妳應該跟我說這裡有很多很有意思的人，這樣我就會早點來看妳。」
「別亂說話。算了，我們待會兒再找朱蒂絲。」
「妳可以讓我和這人試試看我的機會嗎？」
我轉頭看著菲利斯，瞪大了眼睛，他竟然會覺得愛德華對他的胃口。
「你有病啊！」
「誰說的，想想看，說不定我可以馴服他，在他耳邊說對妳好一點。」
「別亂說話了。你還不如請我跳支舞。」
我和菲利斯隨著搖滾樂的音樂熱情有勁地跳起舞來，也和朱蒂絲跳起來。音樂是愛爾蘭音樂天王U2的音樂，當Bono的歌聲響起時，每個人跳得更是起勁。我在兩支舞中間喝了雞尾酒以解渴。有時候，我也到陽臺上去透透氣。
在陽臺上，我嘴裡叼著菸，手裡拿著酒杯，透過窗子看著朱蒂絲和菲利斯。菲利斯教朱蒂絲跳一種非常特別的舞步，兩人看來玩得很盡興。愛德華不知道從哪裡冒出來，突然站在我面前。

「想安靜地抽根菸都不行。」

「請去跟妳那位朋友說，別打擾我妹妹。」

「她看起來和他玩得很高興啊！」

「請讓他別打擾我妹妹，不然我就自己去告訴他了。」

我挺起胸膛，靠近他，把一根指頭放在他胸膛上。他威脅我，我也想威脅他。

「你妹妹不需要你保護她。是你自己得小心菲利斯。你很合他的胃口，你要知道他跟很多比你還要異性戀的男人上過床。」

他抓住我的手腕，把我推到欄杆邊。他的眼睛直盯著我的眼睛看。他貼到我身上，把我的手腕抓得好緊。

「妳別太過分了。」

「要不然會怎樣？你要打我？」

「妳別逼我。」

「走開啦！」

我最後深吸了一口菸，然後把菸噴在他臉上，讓我的菸蒂掉在他腳前。等我進到了室內以後，才發覺我兩隻腳在發抖。

「喂，看起來妳和妳的鄰居很熱絡嘛。」菲利斯走到我旁邊說。

「我試著助你一臂之力。」

說完，我便去找杯酒喝，這時候我需要酒。

時間過去了。喝進身體裡的酒跟弄翻在地上的酒一樣多。這裡的氣氛就像皮膚感受到的一樣潮濕，而且散發著汗臭味。我跳舞跳到感覺不到自己的腳。我玩得太開心了，整個人感覺變得很輕盈。我已經醉了，而且已經醉得難以自持，再也走不了直線，眼神渙散，大聲地笑，肆無忌憚起來。我唱起歌來，以很個人的方式詮釋瓊．傑特（Joan Jett）的〈I Love Rock'n' Roll〉。我離開舞池去找菲利斯和朱蒂絲，他們人就在吧檯邊。

「我要回家了。我已經不行了。」

「我再喝最後一杯，隨後就到妳家。」菲利斯回答我。

「妳確定妳要回家睡覺了嗎？」朱蒂絲問我。

「對，我玩夠了。謝謝今晚這個派對，我本來以為我已經沒辦法和別人一起歡慶了。」我把她緊緊抱在懷裡對她說。

我一邊往出口走去，一邊在我的袋子裡翻找著鑰匙。我撞到了人。

「對不起。」

「眞是冤家路窄！」愛德華回答我。

「走開，我要回家了。」

我推開他，呼吸到戶外新鮮的空氣。風很冷，卻沒讓我酒醒過來。

我往小屋緩緩地開車回家。還好我還有能力開車。我像個老太太一樣，緊緊抓著方向盤。忽然有輛車緊隨在我後面。他以車燈向我示意，我於是把車速慢下來。突然後面這輛車卻迅速超前，開到我前面。我認出了愛德華，他要向我宣戰，那就開戰吧。

我回到了家，停好車後便跑到他家去。

「開門！」我拍打著門，大聲叫著說：「你給我出來！」

我一直拍一直叫。我受不了了，撿起地上的石頭往他家的門、他的窗戶丟去。

「妳瘋了！」他終於走了出來。

「你才有病。你是個危險駕駛，還是個爛貨。我們把話說清楚。」

「要發酒瘋到別的地方去發。」

「我就是這樣，你越要我走，我就越是要留下來。」

「早知道那天應該讓妳在海灘上被雨淋。」

「你根本什麼都不知道。」我氣得打他並說：「你什麼都不知道。」

我用盡力氣撞他，試圖抓傷他。他並不反擊，只是用手臂擋開我。

「冷靜一點。」我背後傳來菲利斯的聲音。

他一隻手臂攬著我的腰，推著我遠離愛德華。我還是試圖攻擊愛德華。

「放開我，我要他好看。」

「妳這樣不值得的。」他抱得我更緊。

我踢了一腳，想用腳攻擊愛德華。

「爛貨。」我大聲叫。

「把她帶回家吧，她是個瘋子。」愛德華對菲利斯說。

「你也住嘴。」

菲利斯的這句話讓我停下了動作。至於愛德華，他顯得有些窘，眼睛直直看著菲利斯，然後搖搖頭說：

「兩個人都一樣瘋。」他喃喃地說。

看愛德華正想走回屋裡，菲利斯對他說：

「別走，事情還沒完。」

菲利斯放開我，對我說：

「妳先回家，好好待在家裡，好嗎？」

「不要。」

「這件事讓我來解決。妳上床去睡覺了。我們明天見。相信我，都會沒事的。」

他吻了一下我的額頭，推我回家。我不甘不願的回家去，每走兩步路就回頭張望。菲利斯和愛德華一直站在原地，我聽不見他們之間的對話。

回到家，我躲進被窩裡。雖然我爲菲利斯擔心，但我累壞了。壓力、酒精、疲倦，讓我不支倒地睡著了。

6

我在床上稍微動一下，就頭痛得要命。我試著張開眼睛，但眼睛很刺痛。嘴唇很乾，全身到處痠痛。腳還沒放到地上，我就知道今天一定會非常漫長。歡慶一晚的下場就是如此，這讓我得到了教訓。我拉開窗簾，試著讓自己醒過來。我家門前停了一輛車，不知道是誰的？我覺得昨天晚上我一定有哪個部分是一片空白。我喝了咖啡，這讓我眼睛有了神。走下樓梯都是件很痛苦的事，我幾乎連頭髮都在痛。有個人睡在我的沙發上。

是菲利斯。

他一邊的手和腳落在沙發外。他還穿著衣服，打呼打得很大聲，臉埋在臂彎裡，我看不見。

「醒來。」我搖醒他。

「別吵，我還要睡。」

「你還好嗎？你沒怎樣吧？」

「我覺得我好像全身被輾過一樣。」

他坐了起來，低著頭，一隻手揉揉自己的頭。

「菲利斯，看著我。」

他抬起頭看我，一邊的眉弓垮了下來，一隻眼睛有個黑眼圈。他又癱倒在沙發裡，一邊撫著自己的肋骨，一邊哼哼唧唧，說痛。我靠近他，脫掉他的T恤，他身上瘀青了好大一塊。

「天啊，他對你怎麼了？」

菲利斯倏地從沙發上跳起來，跑去照鏡子。

「還好，我還是很帥。」

他摸摸自己的臉，展示了一下他的肌肉，對著自己微笑。

「回巴黎時，我得要僞裝一下。」

「這一點也不好笑，他是危險人物。你運氣算好的。」

他手一揮，不想聽我這番話，又回來癱在沙發上，臉上還帶著痛苦不堪的表情。

這傢伙身上到處都在痛。

「也就是說，下一次妳要再找地方放逐妳自己的時候，請到小人國去。媽的，那傢伙眞的是個愛爾蘭人。他是在橄欖球場上學會走路的吧。他把我壓在地上的時候，我以爲我參加了世界橄欖球大賽……」

「總之，你和那個瘋子打了一架。」

「不騙妳，我好像在橄欖球場上，和一群人打。」

「而那顆橄欖球，就是你。眞是的，那你到底有沒有教訓他一頓？」

「我猶豫了一下，因爲我不想傷了大帥哥。」

「你有毛病啊！」

「妳要說有也可以。不過，我爲妳保住了名譽。我賞了他一記左鉤拳，他的嘴唇都腫起來了。」

「眞的嗎？」

「眞的，他的嘴唇腫得兩倍大。這下子妳高興了吧！」

我高興得跳起舞來。

在淋浴的時候，我還爲菲利斯教訓了他一頓而笑起來。菲利斯在吃早餐的時候，也還不停地說著。他告訴我巴黎的一些消息。我們的公寓被我爸媽和柯藍的爸媽清空了，什麼都不剩了。然後，他也爲「快樂的人」列了一張資產負債表。咖啡廳似乎很難經營下去。總有一天，得好好振作。

我裹在大浴巾裡，心想我一點也不想回去巴黎。我看見自己在鏡中的影像，有個細節讓我心裡一驚。我脖子上什麼都沒有。

「菲利斯！」

「怎麼了？」他四階四階的爬上樓梯，大叫著問。

「我的婚戒不見了。」

我開始哭了起來。

「怎麼會不見了？」

「我昨天晚上還戴在脖子上的。」

「別擔心，我們要把它找回來。說不定是弄丟在酒館裡。快穿衣服，我們回去那裡看看。」

十分鐘後，我們就上了路。酒館並沒開，我告訴菲利斯到阿碧和傑克家的路怎麼去。朱蒂絲應該有酒館的鑰匙。我敲了阿碧家的門。

「眞沒想到今天會見到妳。」阿碧開門看到是我，訝異地對我說。

「妳好，阿碧，我想要見朱蒂絲，我有急事。」

「她在睡覺，也許我能幫上妳的忙。」

「昨天晚上我弄丟了一樣東西，必須到酒館去找找看。」我眼裡含著淚的對她說。

「黛安，妳怎麼哭了？」

「拜託妳，幫幫我的忙。」

當阿碧、傑克和朱蒂絲來到酒館的時候，我依偎在菲利斯的懷裡。朱蒂絲向著我們走過來，但她注意到了菲利斯臉上有異樣。

「怎麼回事？」她指指菲利斯的一隻眼睛說。然後她又對傑克說：「傑克，你治療他一下吧。」

「這沒什麼。我昨天晚上和妳哥哥一起翻跟斗。」

「你和我哥哥一起做什麼？」

「我只能告訴妳，我們昨天兩個人很來勁。但這不重要，先處理黛安的事吧。」

「好，既然你這麼說。現在換妳了，黛安。」朱蒂絲一邊開酒館的門一邊說，「最好這件事很重要，因爲我要把事情搞清楚。」

「這件事是很重要。」

我走進酒館裡，但愣住了幾秒鐘。

「妳已經都收拾乾淨了？」

「沒錯，因爲酒館今天要開店。阿碧來叫我的時候，我才剛要睡覺。但到底妳是什麼東西搞丟了？」

「一個首飾。」

我開始在地上仔細搜尋著。

「那有什麼大不了的，再買一個就是了。」

「不。」

我提高聲調，整個人突然繃緊了起來。朱蒂絲倒退了一步。

「朱蒂絲不知情，妳不能怪她。」菲利斯走到我旁邊。「來吧，我陪妳找找。」

每個人都在酒館裡搜尋起來。我趴在地上，摸索著每塊地面，希望手指能夠探到鍊子。

「黛安，」阿碧跪在我旁邊輕輕地喚著我，「黛安。」

她把手放在我的手臂上。

「告訴我們妳在找什麼，我們也好幫妳。」

「我弄丟了我的婚戒。我一向把它串在鍊子裡，戴在脖子上。」

「妳結過婚？」朱蒂絲問。

我什麼都不願再多說。

「讓黛安自己一個人慢慢找。」阿碧說。

我把自己封閉起來，再也聽不見我周遭的聲音。我跪著前進，推走桌子和椅子，在地板上慢慢找，檢查項鍊是不是掉進地板和地板之間的隙縫。

「垃圾桶在哪裡？」我站起身來問道。

「我已經看過了，什麼也沒有。」菲利斯說。

「你看得不夠仔細。」

我癱坐在地板上，哭了起來。菲利斯把我抱在他懷中，安慰著我。我用拳頭打著他的胸口。

「冷靜下來！冷靜下來！」

「這不可能的，我不可能弄丟戒指的。」

「我很遺憾。」

「這說不定是讓這一切結束的時候了。」朱蒂絲說，「我不知道，要是妳的丈夫拋棄了妳……」

「他沒有『拋棄』我。」

菲利斯拉起我的手，把它抓得好緊。我深呼一口氣，又依偎在菲利斯懷裡，轉頭對朱蒂絲說：

「柯藍他……柯藍他死了。」

「一口氣都說出來吧。」菲利斯在我耳邊說。

「還有克拉拉……我們的女兒……也跟他一起走了。」

朱蒂絲用手摀住嘴巴。菲利斯幫助我站起來。我的眼神和傑克、阿碧的眼神交會。

「我要繼續找，我一定會找到的。」朱蒂絲說。

阿碧和傑克也把我抱在懷裡，我的眼神空茫。菲利斯扶著我走回汽車裡，他幫我繫上安全帶，開車帶我回小屋。

他幫助我睡下。他讓我服下一顆阿斯匹靈，並躺在我旁邊，把我抱在他懷裡。我喪失了時間感，整個人空洞洞。

「我該走了。」他對我說，「我該去搭飛機了。妳要跟我一起回去嗎？」

「不，我要留在這裡。」

「我再打電話給妳。」

我背對著他。他吻了吻我臉頰。我完全沒反應，聽著他的腳步聲，他靜悄悄地關上大門。我聽見他的汽車走遠了。我是獨自一個人，柯藍和克拉拉好像死了第二次。

三天以來，我都癱坐在客廳的一張椅子裡，手中一直拿著柯藍和克拉拉的照片。朱蒂絲回都柏林以前，來跟我道了別，她並沒有找到我的婚戒。

聽到有人敲門的聲音，我拖著腳步去開門。愛德華出現在我家門口。

「我並不想見到你。」我想對他關起門。

「等一下。」他用手抵住了門。

「你想要幹嘛？」

「給妳這個。我剛剛在我家門前找到。它應該是前幾天掉在那裡的。喏。」

我凝住不動，看見我的項鍊在我眼前晃動。我發著抖接下項鍊和婚戒，眼淚猛然流下來。愛德華輕輕地把項鍊放在我手上。我撲倒在他懷裡哭了起來，他沒做任何反應。

「謝謝……謝謝，你無法想像……」

我的身體一下子把這幾天累積的壓力釋放了出來。我攀附著愛德華就像攀附著一個救生圈，眼淚一直流個不停。我感覺到愛德華的手摸著我的頭髮，這個接觸讓我平靜下來，也才意識到我自己是在他臂彎中。

「對不起。」我輕輕離開他懷裡。

「妳應該再把它戴在脖子上。」

我的手發抖著，沒辦法扣住項鍊。

「我幫妳。」

他拿起項鍊，把它掛在我脖子上，扣好。我的手立刻去摸婚戒，緊緊握在手心裡。愛德華退後了一步，有幾秒鐘的時間，我們彼此注視著對方。

「我回家了。」他摸了摸自己的臉說。

「你要不要進來喝杯飲料？」
「不了，我有工作要做，下一次吧。」
我還沒回答他，他人就走了。

我去阿碧和傑克家謝謝他們幫我的忙找婚戒。他們對這件事滿低調的。至於朱蒂絲，我也和她講了電話，她則不懂爲什麼我不早點說我的情況，感覺得出來朱蒂絲非常好奇我的事。不過，我一直還沒勇氣謝謝我的鄰居。

我坐在海灘上透透氣，看見了帕特。牠蹭到我身邊來，蹲在我腳旁要我撫摸牠。牠來得正是時候，我正好坐得發冷，牠來幫我取暖。我對著牠說起話來：

「帕特，你能幫我忙嗎？我不太知道怎麼跟你主人說。他又幫了我一次大忙，我不想沒有任何表示。你知道我該怎麼做嗎？」

牠閉著眼睛，把頭放在兩隻腳之間。

「你跟他一樣話不多啊！」

「妳好。」從我背後傳來一個沙啞的聲音。

他什麼時候來到我背後的？

「你好。」

「如果牠打擾了妳，妳可以趕牠走。」

「沒有，牠沒有打擾我。我很高興有牠作伴呢。」

愛德華嘴角露出了一點笑意，我相信我剛剛說的話他都聽見了。他蹲下來，把一個袋子放在旁邊。他掏出一臺相機，點燃一根菸，然後把一包菸遞給我。我也取了一根菸，並且鼓起勇氣對他說：

「我應該跟你道謝。」

「妳已經謝過了。」

「不，我很想幫你做點什麼。告訴我，我能幫你做什麼？」

「妳眞是頑固。既然妳堅持，那麼今天晚上請我到酒館喝一杯啤酒吧。」

他站起來，往大海的方向走去。

「待會兒見。」他說。

我從十五分鐘前，就把車停在酒館前。愛德華人已經到了，我卻沒辦法離開車子。我還沒準備好和我的敵人喝一杯。他是幫我找回了婚戒，但是我們之間的芥蒂太深了。我真的希望我們之間不會有拳腳相向的事。我推開酒館的門，看見他坐在吧檯前，面前有一杯啤酒，手上拿著報紙。我走到他身邊，站在他一旁，他沒發現我已經到了。

「要我抽走你的報紙，你才會留意到我嗎？」我問他。

「我想妳沒這個膽子。」

「你錯看我了。」

他對酒保比了個手勢，酒保走了過來。愛德華把他的空酒杯遞給酒保，點了兩杯酒。我還沒來得及反應，他就幫我付了酒錢。朱蒂絲早就告訴過我了，她哥哥是大男人。

我人不舒服，很不舒服，健力士對我簡直是挑戰，我注意到所有的愛爾蘭人都喝健力士。但我是個小小巴黎女人，堅信這種啤酒難喝得要命。但我沒有選擇，我不想在他面前示弱。

「我們要舉杯慶祝什麼？」我問他。

「慶祝休戰。」

我拿起酒杯，喝了一口。又喝了第二口。

「這啤酒喝起來有咖啡的味道。」我對自己說。

「對不起，我沒聽懂，妳說的是法文。」

「沒什麼，不必在意。」

我們之間只有一片沉默，讓我不太自在。

「你滿意你今天拍的照片嗎？」

「不是很滿意。」

「每天都拍一樣的東西，你不覺得煩嗎？」

「從來不會是一樣的東西。」

他滔滔不絕地說起照相的事，似乎對他這個職業非常入迷。我聽得津津有味，自己都覺得不可思議。

「你靠此為生？」

「我還做別的事，但我努力以攝影作為我主要的工作。妳呢，妳在巴黎的時候，是做什麼的？」

我深吸了一口氣，又點了第二杯酒。這一次，我搶先付了酒錢。

「我開了一家文學咖啡廳。」

「跟妳先生？」

「不，柯藍只在剛開店的時候幫我的忙，我的合夥人是菲利斯。」

「什麼？就我和他打了一架的那個？」

「就是他。他臨走前還給你留下了個紀念品。」

我指指愛德華還有個小傷口的嘴唇。

「我們那天太誇張了。」愛德華笑著說，「言歸正傳，妳是說菲利斯現在正經營一家文學咖啡廳？」

「對，這一年半以來，都由他一個人在經營。」

「你們大概會面臨倒店，對不對？我意思不是說他怎麼樣，而是覺得他看起來不像是個好老闆，也不太像是好的經理人才。」

「你說對了一半，不過我也該負一點責任。我沒有盡力投注在這家店上。在柯藍和克拉拉去世前，我就沒盡心盡力。」

「哪天妳一定會回去好好經營的。我想在巴黎市中心能有家文學咖啡廳，一定是很難得的事……」

我躲避他的目光。

我們一起走出酒館，兩個人不約而同的點燃一根菸。愛德華先陪我上了我的車，他才上了他的車。

我花了好久的時間才把車子發動，心裡一邊想著今天的轉變還眞大。一聲喇叭聲讓我的心思回到現實。愛德華把車子開到我旁邊。我打開車窗。

「我開在妳前面。」他面帶微笑地說。

「好，請。」

他疾駛離開。當我回到小屋時，我跟自己說，這是我第一次不覺得鄰居家的燈光讓我不快。

自從與愛德華和解以後，我們不管到哪兒，都會遇到對方，像是在海灘上、在阿碧和傑克家（我現在常去到他們家），甚至有時候在酒館也會遇到。

我在海灘上走。愛德華在拍照時，我就看著帕特。我走到他身邊時，看見他急忙地收起器材。

「你在幹嘛？」

「我不想被雨淋了。我要回家了。」

「你還眞弱不禁風。」

他對我笑了一下。

「妳也該回家避雨了。」

「你開玩笑吧，不過只有兩三片雲。」

「妳在這裡已經住了六個月了，還不瞭解這裡的氣候。不騙妳，待會兒會下大雨的。」

他往回家的路上走去。帕特猶豫著，不知道要跟牠主人走，還是跟著我。我遠遠丟出一根木棍，帕特跑去追。

但我們沒玩多久，不到十五分鐘的時間，就下起傾盆大雨。我往回小屋的方向跑，狗跑在我前面。哪天等我不再抽菸，我就可以急跑衝刺。愛德華家的門敞開著，帕特直接衝進裡面。我想也沒多想，也跟著牠，來到了他家大門口。

愛德華對我說：

「進來吧，我不會吃了妳的。」

「不，我要回我家。」

「妳淋得還不夠濕嗎？」

我的確是全身濕答答。

「進來吧，裡面比較暖。」

他跑到樓上去。他家還是一團亂，我直接走到壁爐邊烘暖我的手。壁爐邊上放的一張照片，讓我看得入了神。照片是一個女人站在牧勒哈尼海灘上。如果這張照片是他拍的，愛德華的確有才華。

「穿上這個。」他從我背後走來。

我拿過了他遞給我的毛衣。毛衣很長，直遮到我的膝蓋。愛德華又遞給我一杯咖啡，我很高興的接過咖啡，但人一直站在壁爐邊，看著那張照片。

「別站著，坐下來啊。」

「這張照片是你拍的？」

「對，我拍了這張照片不久後，便決定在這裡住下來。」

「這個女人是誰？」

「誰也不是。」

我又走回壁爐邊，靠在壁爐上。愛德華則坐在一張沙發裡。

「你在牧勒哈尼住多久了？」

他彎身從矮桌上取菸，點燃了一根菸後，把手肘擱在膝蓋上，摸摸下巴說：

「五年。」

「你爲什麼離開都柏林？」

「妳這是在審訊？」

「不，不是，對不起。我太好奇了。」

我想脫下身上的毛衣。

「妳要幹嘛？」愛德華問我。

「雨已經停了，我不想再打擾你了。」

「妳不想知道我爲什麼閉居到這裡，過得像個隱士？」

我又把毛衣套回來，這表示我對他這一點是很感興趣。

「我離開都柏林，是因爲我受不了大城市了。」

「可是朱蒂絲跟我說，你在城市裡住得很愉快，何況，我想你喜歡和你妹妹住近一點。」

「我必須改變我的生活方式。」

他不再多說什麼，突然站了起來。

「妳要留下來晚餐嗎？」

我很訝異他會邀請我留下來晚餐，但我還是接受了。愛德華在廚房裡忙了起來，而且完全不准我幫忙。

用晚餐的時候，他跟我談起朱蒂絲，談起他的爸爸媽媽，談起阿碧和傑克。我則對他說起我和我爸媽的衝突日益加深。他很好心的沒問起柯藍和克拉拉的事。

我有點累了。

「我該回家了。」

愛德華陪我走到大門口，我留意到地上放了個旅行袋。

「你要出遠門？」

「明天早上，我得去貝爾法斯特做個報導。」

「那你的狗怎麼辦？」

「妳能看著牠嗎？」

「如果這能幫得上你的忙的話。」

「那就麻煩妳了。」

我打開門，吹著口哨要帕特跟我回家。愛德華摸摸帕特的頭。我才要走出門，又轉過身來問他：

「你什麼時候回來？」

「八天後。」

「好，晚安。」

一整天，天氣都很糟，我和帕特連門都沒踏出。我做菜自娛，不知道爲什麼突然很想做菜，於是就做了。

菜在爐火上小火慢燉著，我舒服地坐在沙發上，讀著傑·麥克倫尼（Jay McInerney）的書《美麗人生》，狗在腳旁，矮桌上放了一杯葡萄酒，背景音樂是鋼琴曲。忽然傳來了敲門聲，我勉強起身去開門，發現門外站著愛德華。

「晚安。」他說。

「我沒想到你是今天回來。」

「那我改天再來好了。」

「說什麼蠢話，進來吧。」

他跟著我進了客廳，帕特很高興地繞著他腳邊轉。愛德華觀察著我屋子裡的一切。

「你想要到處參觀一下嗎？」我問他。

「不，我只是在想我很久沒進來這裡了。」

「你要喝杯什麼嗎？」

「好啊。」

我走進廚房裡，順便看一下我燜煮的食物是不是快好了，我煮了太多分量。我端了一杯飲料給愛德華，一句話都沒說。

「妳還好嗎？」他問我。

「你要留下來跟我一起吃飯嗎？」

「我不知道……」

我點燃了一根菸，走到大落地窗前，外面什麼都看不見，天色已黑了。

「今天是我一年半以來第一次煮菜，我煮得太多了，夠我們兩個人吃的。我希望你留下來和我一起晚餐。」

「拒絕就太不禮貌了。」

「謝謝。」

吃晚餐的時候，愛德華告訴我他這一個禮拜發生的事。我告訴他，帕特幾次跑掉不見，讓我非常傷腦筋。想起來，我們兩個人幾天前還是敵人，現在竟然可以這樣坐在一起吃飯、對話，感覺非常超現實。

飯後，喝過咖啡以後，我們又回到客廳，愛德華嘴角叼著菸，站在客廳中央。我看不清楚他手裡拿著什麼東西在看。他抬起頭，眼睛直直看著我。

「你們看起來眞是和樂的一家人。」

我走到他旁邊，拿過他正在看的那張照片。我坐下來，他蹲在我旁邊。這張照片是我和柯藍、克拉拉的合照，是在他們死前幾個禮拜拍的。

「這就是柯藍和克拉拉。」我一邊撫著我女兒的臉一邊說。

「她跟妳長得很像。」

「你這麼覺得？」

「我該走了。」

他穿上外套，叫了帕特，走到大門邊。
「我三天後要到阿倫群島去。」他說。
「你還要我幫你看著帕特。」
「不，我要妳跟我一起去。」
「什麼？」
「陪我到那裡去。妳不會失望的。」
說完，他人便走了。

7

我沒有考慮很久便接受了愛德華的提議。這幾天，帕特便交給阿碧和傑克照顧。他們兩人很不可思議地看著我們兩人竟然要結伴同行。

我們一路開車、坐船，並沒有說很多話。跟他在一起，我學會了不多言。

我們才到達島上，他就拉著我到島的最邊邊去，他說那裡的光線能讓他拍出完美的照片。在這時候，我後悔自己跟他來到這裡，因爲我們站在懸崖邊，底下深淵有九十公尺深，我的兩隻腿都軟了。

「我想要妳看看這個地方。這裡很寧靜，妳不覺得嗎？」他問我。

我倒覺得這裡很駭人。

「感覺好像是遺世獨立。」

「就是因爲這樣，所以我很喜歡來這裡。」

「至少，在這裡不會有鄰居打擾你。」

這時候我們彼此交換了一個沉重而且意味深長的眼神。

「我要工作了。」愛德華說，「而妳，妳就待在這裡，做一個來到這裡的人都會做的動作。」

「什麼動作？」

「每個來到這裡的人都會躺在地上，把頭伸出懸崖之外。」

「你這是開玩笑吧？」

「妳害怕了？」

「不，我才不害怕，相反的，我喜歡刺激。」

「那麼，妳自己來吧。」

說完，他就走了。他給了我一個挑戰。我點燃了一根菸，然後我跪下來。到達懸崖邊的唯一方式是用爬的。在離懸崖邊一公尺的時候，我整個人都在發抖，我的肌肉緊繃，我動彈不得，我幾乎想大叫出聲。時間過去，我卻沒有能力站起來，離開懸崖邊。我想移動一下我的頭，看看愛德華在哪裡拍照，卻連移動也不可能。我叫著他的名字，希望他來幫我的忙。但卻不見他到來。

「愛德華，拜託，快來啊！」我大聲地叫。

幾分鐘卻像是幾小時那麼長，愛德華終於出現了。

「妳怎麼還在這裡？」

「我慢慢來，看不出來嗎？」

「別跟我說妳會頭暈。」

「我是會頭暈。」

「那妳爲什麼要這麼做？」

「幫幫我吧，拉我的腳，別讓我留在這裡。」

「別想我會幫妳。」

討厭。我感覺他躺在我旁邊。

「你在做什麼？」

他一句話也沒說，靠我越來越近，一隻手臂擱在我的背上，把我緊緊抱在他懷中。我一直都沒動。

「和我一起慢慢前進。」他輕輕地說。

「不要。」我說。

當我感覺愛德華一點一點的往懸崖邊前進時，我把頭埋在他的脖子裡。

「我會掉下去。」

「我不會放開妳的。」

我慢慢地抬起我的臉。風颳得臉好痛，我的頭髮向各個方向飛揚。我睜開眼睛，感覺自己被深淵吸附了，一邊又看見海浪擊打著峭壁。愛德華把我抱得更緊了。我眨眨眼睛，讓自己放鬆下來。最後，我轉頭看愛德華。他也看著我。

「怎麼了？」我問他。

「好好欣賞這個景色。」

我又看了愛德華一眼，然後又低頭看著峭壁。愛德華終於站起來，他抓住我的腰，也幫我站了起來。我微微一笑。

「我們要回去了。」他一隻手放在我腰上說。

我們晚上在港邊的一家酒館裡度過。在回住處的路上，他告訴我第二天他一大早就要出去工作，他要拍日出。

我在床上伸懶腰，昨天一夜我睡得像個小寶寶一樣。天已經亮了很久。我起床，看見房門口塞進了一張紙。是島上的地圖，和愛德華留的字條。他是要告訴我，他今天白天在哪裡。

住處的房東提供了一份非常豐盛的早餐。我一邊吃著，一邊聽房東說愛德華獨自在這裡居留的事。

晚一點的時候，我在外面散步。我在荒野上走了一個多小時。海灘就在眼前，我看見愛德華在遠處，他手裡拿著照相機。要不是我擔心打擾他，我想我會直直跑到他身邊，我自己也不明白爲什麼。我坐下來觀察他，手裡握了一把沙，玩著沙。我感覺好多了，不再覺得喘不過氣來。生活繼續依照它的軌道過下去，我再也不想對抗它。

愛德華從海灘上走上來，肩膀上扛著一個袋子，嘴裡叼著一根菸。他來到我旁邊，坐了下來。

「妳睡醒了？」

我低下頭微笑。我感覺到他靠近我，他把唇印在我的太陽穴上。

「早安。」他說。

我心慌意亂。

「照片拍得怎樣？」我想轉移話題，便談起照片的事。

「等沖洗的時候就知道了。我今天已經拍好了。妳要散散步嗎？」他站起身來，對我這麼提議。

我仰起臉看他，直盯著他看，我很想拉拉他的手。他拉著我靠近他的身體，我在他懷裡窩了幾分鐘，感覺非常有安全感。最後，我慢慢地抽離他懷抱，往海邊走去。我看著身後，愛德華跟著我。我對他微笑，他也回了我一個微笑。

我睡了大半天，但感覺還是好疲倦。

「你明天要做什麼？」我在我的房門前問愛德華。

「我找到了一艘船，能到另一座島上度過一天。」

「我可以和你一起去嗎？」

他笑了，一隻手撫著我的臉。

「算了，我會打擾你的。」我打開我房間的門說。

「我又沒說不要妳來。」

我轉過身，看著他。

「跟我一起來，不過妳要一大早就起床。」

他咧著嘴笑起來。

「喂，我起得來的好嗎！」

「好，那我六點來找妳。」

他靠近我，又做了和昨天下午一樣的動作，在我的太陽穴上印上一個吻。

我調了我房間裡的鬧鈴，和我手機裡的鬧鈴。在鈴聲一起響起的時候，我從床上倏然起身。我覺得我才剛睡而已。淋浴時，我想我累得快癱了。六點鐘，愛德華準時來按門鈴。我半閉著眼睛，看見愛德華精神奕奕。

「你是從哪個星球來的，怎麼精神這麼好？」

「我睡覺睡得不多。」

「船上會有睡袋嗎？」

他比了個手勢，要我跟著他走。我跟著他到廚房去，但不禁問自己今天整天我要怎麼撐過去。

「拿去。」他對我說。

我睜開眼睛，他給了我一杯咖啡。

「謝謝。」

「我越來越瞭解妳了。」

在咖啡因的幫助下，以及來到港口邊所發現的，讓我完全醒了過來。我們聽到遠處有漁船拖網的聲音，靠著漁船的燈火看見了在黑夜中的濃霧。我很快就明瞭了我們是要坐漁船去。在愛德華去跟漁民打招呼時，我退避在一旁。每個漁民嘴裡都叼著一根菸，臉色黧黑。當每個人都看向我的時候，我覺得非常不自在。愛德華比了個手勢，要我靠近，以便登船。

「妳就待在駕駛艙裡。」他對我說。

「那你呢？」

「我跟他們在一起。」

「好。」

「妳待在那裡別動，我會來找妳。而且，什麼東西都別碰，也別開口說話。」

「我會的。」

「妳聽過一句俗諺吧？女人會爲船帶來不幸。我非常奮力爭取，才讓妳和我一起搭船。」

「你是怎麼說服他們的？」

他看著我，神情非常嚴肅。他用手摸摸臉說：

「沒什麼特別的。」

他留我在這兒。

在整個航程中，我在船上並沒有帶來任何問題，到了下船時，終於有人對我笑了一笑。

早上在港口邊，在拖網漁船之間度過了大半天，我們接著往海灘去。說是海灘，其實只是一個四周都是懸崖的小海灘。愛德華埋頭工作，我則探探在岩石間有什麼。我爬上一塊一塊的巨岩，眼前只有汪洋大海。我靠在岩石上，閉上眼睛。一道陽光照得我暖洋洋，我享受這美好的一刻。

愛德華在我背後叫了我一聲。

「黛安！」

「有什麼事？」

我往他的方向看了一眼，當我發現他剛剛幫我拍了一張照片時，我便收起了微笑。他看起來很滿意，人就走了。我趕緊從巨岩上下來，追著他跑。

「立刻給我看照片。」

「這些照片是屬於我的。」他舉起相機回答我。

我在他身邊轉，跳起來想拿到他的相機，但沒有用，我最後只得倒在海灘上。愛德華走了過來。

「有一天能不能看看這些照片。」

「如果妳很乖的話。」

我發現他把照相機留在一旁。才數到二，我從他身上跨過，拿走了我想要的相機，像兔子一樣敏捷地跑掉了。我把相機拿起來左轉右看。

「這玩意兒是這麼開的？」

「像這樣。」

愛德華人就在我後面，他兩邊手臂正圍繞著我的身體，他的手抓著我的手，引導著。螢幕亮了起來。

「妳眞的要現在看嗎？」他在我耳邊問我。

「我有一個條件。」

「妳說。」

「我要和你一起拍照。」

「我受不了這個。」

「攝影師會怕人家拍他嗎？」

他不回我的話，開始摸摸弄弄他相機的一些功能。他的臉靠在我肩膀上，一臉正經的樣子。他最後舉起手臂，按了快門。

「微笑，愛德華，等一下，我來幫你。」

我轉過身，他皺起眉頭。我把手擱在他臉上，拉著他嘴角兩邊，讓他做出笑容。

「看吧，這樣就行了。快，該工作了！」

這是我第一次看見愛德華這麼開心。他讓我爬到他背上，拍了一系列的照片。我擺了千百種姿勢。我成功的拿下他的相機，用跑的離開。當我轉過身時，我發現愛德華還停在原處，只是兩隻眼睛跟著我。他坐了下來，點了一根菸，轉過頭去，他的眼神空茫。我不知道我是怎麼做到的，但我成功的爲他拍了一張照。我走回他身邊，站在他一旁。

「專家覺得這張照片怎麼樣？」

他把菸叼在嘴角，取回了他的相機，低頭看著它。當他發現照片裡的人是他的時候，他抬起眼睛看我。

「妳來坐這兒。」他指指他腿間。

我坐到他腿間，他兩隻手臂環抱著我。

「第一次就拍成這樣，眞是不錯，不過，妳看，這裡少了……」

我聽不見他對我說的，我看著他，重新發現他，他的頭髮凌亂，鬍子已經三天沒刮，我看著他眼睛的顏色。我第一次感覺到他身上的香水味，是一種肥皀摻著冷冷的菸草味。我心裡悸動不已，不得不閉上眼睛。

我發現他眼睛看著我。他放下相機，眼睛還是看著我。他把手放在我臉頰上。我的臉緊緊貼著他的手掌。

「我們該回港口去了，船不會等我們的。」他說，聲音比平常更低沉。

他站起來，收拾了照相器材。在回港口的路上，我們兩人一直手牽著手。

「醒過來，我們到了。」

這是愛德華的聲音，在渡海的航程中，我在他的臂彎裡睡著了。他撫著我的臉頰，幫助我醒過來。我把臉頰依偎著他，感覺眞好。

我們回到住處時雖然很晚了，房東還是很熱情的接待我們，他留了些菜給我們當晚餐。愛德華在這裡就如同是在自己家裡一樣，房東熱了熱菜，還給我們一杯酒。在餐桌上，我們眼神交會，一句話都沒說。

「妳沒忘記我們明天要回牧勒哈尼吧？」晚餐後，我們在戶外抽根菸的時候，愛德華這麼問我。

「我已經都忘了。」我突然覺得胃很沉很重。

「妳還好嗎？」

「我覺得在這裡很自由，我根本不想回去。」

「我們該睡覺了。」

他爲我打開大門，我在經過他的時候輕輕碰了他一下。他一直跟著我到我房間。我轉過身來，發現他離我離得好近。他一隻手靠在牆壁上，頭低低的。

「謝謝這三天的旅程。」

「我很高興妳跟我一起來。」

他眼睛深深望進我的眼裡，我的心突突跳著。他湊近我，把唇印在我的太陽穴上，久久不離。我也克制不了自己，我抓著他的襯衫，他彎身對著我。我們的額頭相觸。我再也控制不了自己的呼吸，我的肚子痙攣起來。他的嘴唇輕輕碰觸到我的嘴唇，一次，兩次。他環抱著我，深深吻著我，我也回應了他的吻。當我們嘴唇分離的時候，他的額頭貼在我額頭上，他撫著我的臉頰。

「妳可以阻止我。」他低聲地說。

我眼睛低垂，看著自己的手一直抓著他的襯衫。我所有的感官都甦醒了過來，但我必須控制我自己。我很不情願地鬆開我的手，輕輕的鬆手，我和他分了開來。他由著我。

「對不起，我……」他說。

我把一根指頭放在他唇上，阻止他再說下去。

「我想今天晚上，最好就停在這裡。」

我在他唇上印上了我的唇。我打開門，走進房間裡。然後我轉向他，他眼睛一直看著我。

「好好睡一覺。」我低聲對他說。

他一隻手擱在臉上，對著我微笑，然後倒退兩步走。我靜靜地關起門，背靠在門上。直到這一刻，我才發覺自己兩隻腿在發抖。我聽著屋子裡的聲音，我聽見愛德華下樓的聲音。我笑了，我知道他一定是出門抽菸了。

我窩進被窩裡。在昏暗中，我把指頭放在自己的唇上。我喜歡他的唇在我唇上的感覺。我應該可以和他再進一步，但我沒這麼做，這太快了，也許。我安穩地躺在床上，雖然眼皮很重了，但我還是看著門縫下透進來的燈光。然後，樓梯傳來了腳步聲，在我房門前停了下來。我坐起身，愛德華就在門外，離我很近。我下了床，很快的想著我該怎麼做。我決定去開門，但他已經走回他房間去了。房間裡烏漆漆的，我又躺回床上。我已經有了睡意，我對自己說明天我就會見到愛德華了。我真是迫不及待。

我睜開眼睛，第一個念頭想到的就是他。我看著我的錶，我們的船再一個小時就要啓程了。我洗了個澡，穿衣，收拾東西，裝進袋子裡。在走廊上，我看了一眼他房間的門，房間門開著，我去看看他是不是還在那兒。房間裡沒人，也已經收拾乾淨了。我走到廚房去，廚房裡只有房東。他對我笑，並給了我一杯咖啡，還要爲我準備早餐。

「不了，謝謝，今天早上我沒有很餓。」

「隨便妳囉，不過，坐船最好是吃點東西，墊個肚子。」

「我只要有咖啡就夠了。」

我站著喝了幾口咖啡。

「你看見愛德華了嗎？」我問他。

「他早就起床了。他話說得比平常還要少。」

「他就是那樣子。」

「他先去了港口，後來又回來付了房錢。」

「那他現在人在哪裡？」

「他在外面等妳。」

「啊……」

我喝完我的咖啡，老闆一直看著我。

「妳臉色好蒼白。這是因爲搭船，還是因爲愛德華？」

「哪一個比較糟糕？」

他大笑出聲。

我跟他擺了擺手勢，便到戶外找愛德華。

愛德華沒注意到我來了，他拉著一張臉，抽菸抽得很猛。我輕輕喚著他，他轉過身，直直盯著我看，表情神祕，然後走到我身邊來。他一句話都沒說，只取過我的袋子，我挽著他的手。

「你還好嗎？」

「妳呢，妳好嗎？」他也突然這麼問我。

「還好吧，我想。」

「我們走吧。」

他微微一笑，挽起我的手，一起出發到港口。我們越往前走，我越是靠近他。最後，我們十指緊扣。

上了船，我們不得不分開手。我跟隨他來到甲板上。風很大，他點燃一根菸，遞給我。我拿過菸，看他又爲自己點燃一根，我們安安靜靜地抽著菸。

船離了島。我們一動也沒動。

「待會兒船會顛得厲害。」愛德華對我說。

「你要留在這裡？」

「我在這裡待一下，如果妳想進裡面，就進去吧。」

我抓住欄杆，船身搖晃得很厲害，風更是颳得我耳朵痛，但我怎麼也不想到其他地方去。突然，愛德華保護起我，他站在我身後，他的手臂環抱著我的身體，他的手緊抓著我的手。

「如果妳覺得不舒服要告訴我。」他在我耳邊說。

聽得出來他聲音裡帶有笑意，我用手肘輕輕碰著他的腰際。

我們在整個航程中，就這麼兩人緊緊相依，不說一句話。這種兩人共享好時光的感覺眞是棒。船到了碼頭，愛德華去取我們的旅行袋。他又拉著我的手，走到停車場。我先上了車，他把旅行袋裝到後行李車廂。他上了車以後，大大嘆了一口氣。

他大概感覺到我在觀察著他，他轉向我，直直看著我的眼睛。

「我們回家了。」

「你是司機。」

沿途，我們都沉浸在自己的思想中，任由「嗆辣紅椒合唱團」（Red Hot Chili Peppers）的音樂流瀉在車子裡。音樂既溫柔又粗暴，有點像愛德華這個人。兩旁的風景在眼底一一流逝，我玩弄著我的項鍊和婚戒，不敢再看愛德華。當我看到牧勒哈尼的牌子時，我全身緊繃了起來。愛德華把車子停在我的小屋前，並沒有把車熄火。

「我還有工作要做。」

「沒問題。」我急忙下了車。

我用力甩上門，但我不是故意的。我取了放在後行李車廂的旅行袋。愛德華人動也沒動，也沒發動車子。我走到小屋前，找著鑰匙。我終於找到鑰匙，但是激動得無法把鑰匙插進鑰匙孔裡。如果他沒有話要跟我說，爲什麼還不離開呢？

我放下手中的東西，跑回他身邊。我拍打著愛德華，他抓住我的腰，以免我往後跌倒。好幾秒鐘過去，然後他放開我。我用手撥撥頭髮，他點燃了一根菸。

「今天晚上，妳可以來我家嗎？」他問我。

「我……可以……我很想。」

我們彼此注視良久。愛德華輕輕地搖搖頭說：

「晚點見！」

我皺起眉頭，看著他彎腰。他撿起我的鑰匙，幫我開了門。

「這樣比較好，不是嗎？」

他吻在我的太陽穴上，又上了車，我還沒來得及跟他說什麼，他就走了。我看著他的越野車開遠了。

8

我剛洗完澡出來。我久久地洗了個讓人放鬆下來的澡。我全身赤條條的站在鏡子前，觀察著身體。我已經很久沒留意自己的身體了。柯藍死後，我的身體也跟著枯萎。愛德華昨天晚上輕輕地喚醒了它，我知道我們之間今天晚上會發生什麼事。直到這時候，我以為我再也不會讓任何男人碰我了。我會讓愛德華的手和身體取代柯藍的嗎？我不應該想這些的。我又讓自己像個女人，在身上抹乳液，在胸前滴上兩滴香水，讓我的頭髮亮麗起來，仔細挑選內衣，把自己打扮得吸引人。

天色黑了，我整個人很不安穩，就像個剛談戀愛的女學生，我竟然愛上了一個不久前我還很討厭他的人。這時候，幾個小時不見他的面，我就非常想念他。我看一眼窗外，他家的燈已經點亮了。我點了一根菸，焦慮得幾乎咬起指甲來。我在家中亂晃，整個人燥熱起來，然後我又微微打哆嗦。幹嘛再等呢？我穿起皮衣，拿起手提袋，走出家門。我家到他家只有幾公尺的距離，但我還是點了一根菸。我停在半途，對自己說我可以折返回家，他不會知道的，然後我再打電話給他，跟他說我人不舒服。我心裡很不安，我一定會讓他失望的，我再也不知道該怎麼辦。我獨自笑了起來。覺得自己很可笑。我下定了決心，擰熄了菸，去敲他的門。愛德華來開門，他把我從頭看到腳，然後眼睛直直看著我。我的呼吸急促，我以爲我可以很平靜的，其實不然。

「進來。」

「謝謝。」我小小聲的回答他。

他讓了一下身子，讓我進了門。帕特熱烈歡迎我，但這並沒有幫助我放鬆下來。當我感覺到愛德華的手放在我背部的時候，我嚇了一跳。他帶著我進客廳。

「妳要不要喝一杯？」

「好，謝謝。」

他在我的太陽穴上吻了一下，然後走到吧檯後面。與其眼睛一直跟著他看，我寧願看看他屋裡，告訴自己他還是我們出發到阿倫群島之前的那個愛德華。我告訴自己我們要像朋友一樣度過一個普通的夜晚，不要亂想。只要看看他家和平常一樣的淩亂，以及滿出來的菸灰缸就能讓我安心。但我看了好幾回屋中的情況，心裡卻越來越不安。

「你收拾整理了一番？」

「妳很訝異嗎？」

「也許吧，我不知道。」

「客廳裡坐一下。」

我往他的方向看了一眼，他示意要我在沙發上坐下來。我淺淺的坐在沙發上，接過他遞給我的一杯酒。我無論如何也要找到個辦法讓自己不要這麼緊張，於是拿起了一根菸，我還來不及拿打火機，愛德華就把火爲我點燃了。我謝謝他。

他面對著我坐在矮桌上，喝著健力士，看著我。我低下頭，他扶起我的下巴。

「還好嗎？」

「當然。你今天做了什麼？你有工作嗎？那些照片結果怎麼樣？我是說我們一起拍的那些照片。」

我說了一大串的話。愛德華撫著我的臉頰。

「放鬆一點。」

我吐出所有積在我肺裡的空氣。

「對不起。」

我倏地一下站起來，在客廳裡晃了一下，然後站在壁爐前。我抽了一根菸，把菸蒂丟進壁爐的火焰裡。我感覺到愛德華在我背後，他拿走我的杯子，把它放在壁爐上，然後把他的手擱在我手臂上。我全身僵硬。

「妳怕什麼？」

「什麼都怕……」

「跟我在一起沒什麼好怕的。」

我轉過身和他面對面。他對著我微笑，把我的頭髮往後撥，我依偎在他懷裡，吸著他身上的香水味。他的手沿著我的背往上爬，我們就這樣久久擁抱在一起。我感覺很好，所有的疑惑都消散不見。我輕輕地吻著他，他用兩隻手捧起我的臉，把他的額頭碰著我的額頭。

「你知道嗎？我剛剛差點又折回家，不想來了。」

「妳是說我們平白錯失了一個逃避彼此的機會？」

「如果我沒來，你會要我給你一個解釋嗎？」

「當然會。」

我玩著他襯衫上的鈕釦。

「我一整天都想著你。」

我抬起眼睛看著他，他的眼神讓我迷醉。現在是該由我來決定我們要走到哪個地步。我希望這時候不是我的大腦在運作，而應該是由我的身體來指揮。我踮起腳尖。

「我信任你。」我對他說。我的嘴唇貼在他嘴唇上。

我深深的吻了他。他抓住我的臀部，讓我整個人貼在他身上。我緊緊抱著他的肩膀，感覺到他的手伸進我衣服裡，從背部探到腹部，再從腹部探到我的胸部。他的愛撫讓我對自己有了信心，我把他的襯衫從褲子裡拉出來，解著釦子，我想摸摸他的皮膚，他熱熱的、有生命力的皮膚。愛德華在脫掉我的T恤時，我們的雙唇分了開來。我們眼神交會，他把我抱起來，我的兩隻腿勾著他的腰。然後，我們兩個人躺在沙發上。在我們兩人肌膚相親的時候，我不由自主地發出了歡愉的嘆氣聲。我感覺到他的鬍鬚扎著我的脖子，他在我耳朵旁邊印上了一個吻。

「妳確定嗎？」他喃喃地說。

我看著他，把手伸進他頭髮裡，對他微笑，吻著他。就在這時候，帕特低低吼了起來，眼睛直盯著大門看。愛德華把一根指頭放在我嘴上，不讓我說話。突然，有人敲起門來。

「你最好去看一下。」我低聲地說，「說不定有什麼重要的事。」

「我們有更要緊的事要做。」

他一邊吻著我，一邊解開我牛仔褲的鈕釦。一點也不想被打攪。

「愛德華我知道你在家。」門後傳來一個女人的聲音。

那女人的口氣很決絕。愛德華閉上眼睛，他臉上的線條變硬了起來。他要從我身上離開，我拉住了他。

「那是誰啊？」

「開門，」那女人沒耐心地說，「我有話對你說。」

愛德華離開了我的懷抱，站了起來。我坐在沙發上，用手擋著我的胸部，觀察著。他好像要讓自己醒過來一樣，用手搓了搓臉，再把頭髮理理好。然後他點燃一根菸，從地上撿起他的襯衫。

「怎麼回事？」我輕輕地問他。

「起來穿衣服吧。」

他的聲音沙啞。我眼睛裡含著淚，撿起我的T恤和胸罩。等我穿好了衣服，愛德華就走到門邊去開門。帕特擋了路，他一腳把帕特踢開，帕特跑到我這邊來，愛德華把門把握得好緊，直到他手上青筋暴露。然後他開了門。愛德華的身體擋住了門外那個女人，但我聽見了他們之間的談話。

「梅根。」他說。

「天啊，眞高興能見到你。我好想你啊。」

她一把抱住他的脖子。這眞是開了天大的玩笑，我忍不住輕輕咳嗽起來。愛德華的背變得僵硬，女人抬起她的臉，看見我了。她從愛德華旁邊走出來。

這是個美麗、修長的女人。她整個人看起來非常優美，眼神如絲絨，黑色的長髮如瀑布般在她背後洩下。她的步態、她的穿著打扮都非常的女性化。她的臉則看起來非常有自信，甚至會帶給人壓力。她一會兒看看愛德華，一會兒看看我。愛德華轉過身對著我這邊，他眼神看起來空茫茫一片。他人似乎在別處，看起來心中不痛快。她把手伸進他頭髮裡，他沒做任何反應。

「我來得眞是時候。」

她接著走到我這邊來。

「不管妳是誰，現在該讓我和愛德華單獨相處了。」

我才不在乎這個女人說什麼，我走到愛德華身邊。我試著拉拉他的手，他卻往後退了一步。

「說句話吧，她是誰？」

他看著空中，嘆了一聲氣。

「我是他太太。」她也走到愛德華旁邊。

「梅根。」愛德華很生氣的大叫。

「對不起，親愛的，我知道。」

「這是怎麼回事？開什麼玩笑？」我也生起氣來。

愛德華直直看著我的眼睛，這是這女人出現後，他第一次這麼看著我。但他的眼神冷漠，有距離，和平常的眼神不一樣。他這時的眼神比我剛到牧勒哈尼時所見到的更讓人害怕。我痛苦的往後退了一步。在這一刻，我的目光轉向壁爐上，看見了那張照片。我忽然明白了，在海灘上的那個女人並不是誰都不是。我眞是蠢啊，覺得自己被他耍了。我拿起我的手提袋、我的皮衣，離開愛德華家，離開時並不費事幫他關門，也不回頭看。

我停在路上嘔吐了起來。回到家，我洗了個澡，想把這個傢伙留在我身上的通通都洗掉。我差一點和一個已婚男人上了床。我甚至想都沒想到要問他，他是不是另外有女人。我只以爲他要我，是因爲他是自由之身、不受羈絆。我原來只是他用來消磨時間。眞不知道柯藍會怎麼想？我竟然是那種只要兩三個微笑，一個浪漫的週末就足以讓我委身的女人。我厭惡我自己。

我怎麼也睡不著，摸黑坐在房間裡的窗前。我彎起我的膝蓋，身體前後晃動。我終於入了眠，但整夜都做著噩夢。夢裡，柯藍的臉和愛德華的臉混淆了起來，他們兩人聯合起來對抗我。

我有三天沒離開家門。我再也睡不好覺，整天想著這幾個禮拜以來和愛德華之間的事。我眞想閉上眼睛、封起耳朵，完全不知道有這麼一個愛德華太太。

我強迫自己去買東西，在雜貨店裡買了一堆東西，裝進我的後行李車廂裡。

「黛安？」

我認出了傑克的聲音。我的肩膀挺了起來，刻意在臉上露出微笑，轉過身。

「好久不見了，妳還好嗎？」

「你好，傑克，一切都還好，謝謝。」

「跟我到我家裡一趟吧，阿碧一定很高興見到妳。」

事實上，的確是如此，當我到他們家的時候，阿碧撲上來抱著我的脖子。他們帶給我的溫暖讓我的怒氣減消了不少。我覺得很有安全感，我和他們談起了克拉拉。

「妳是不是打算哪一天要回法國？」阿碧問我。

「我還沒去想這件事。」

「妳不想再回去過以前的生活嗎？」

「你們想要回小屋嗎？」

「不。」

他們並沒有說實話。事情到了這個地步，法國女人會造成妨礙，應該把位置留給愛德華的太太。大門砰的一聲，我僵住了。是愛德華來了。

「妳突然臉色發白。妳還好嗎？」阿碧問我。

「突然覺得累，沒什麼嚴重的，我要回家了。」

「請愛德華送妳回去吧。」

「千萬不要。」我幾乎是大叫的說，「我沒事的。」

我匆忙站起來，拿了我的東西就要走。

「下次見。」我快步走到門邊，對他們說。

我在大門口和愛德華擦身而過，我沒辦法看他，他也沒有試圖跟我講話。我趕緊上了車，癱坐在駕駛座上。我好害怕，怕愛德華，也怕我自己的反應。

我站在我家的大落地窗前，看著愛德華帶著帕特在海灘上散步。我最後大概還是會去面對他，我需要他給我一個解釋。我要一個證據，證明我並不是在做夢。

我必須先洗個澡，我不想讓他看見我被擊垮了。我特別挑選了我的服裝，並且化了妝，好讓他看不出來我失眠。

已經沒有退路了，我剛剛敲了他的門，聽見帕特吠了起來。等待的時間無限長，我的兩手冰冷，身體微微發著抖，肚子也微微抽搐。但是當愛德華打開門的那刻，這些症狀就都消失了。突然一股想要以暴力發洩的情緒湧了上來。我眞想用力打他，但讓我越來越不自在的是，我更想吻他，讓他把我抱在懷裡。我沒想到我會有這樣的情緒，本來在鏡子前準備好的一番說詞全都消散於無形。

「有什麼事嗎？」

「你好。」我結結巴巴地說。

他嘆口氣，一隻手放在臉上。

「有事快說，我還有其他事情要做。」

我挺了挺胸，和他眼睛直直相對。

「你欠我一個解釋。」

他臉上先是顯得訝異，然後顯然生起氣來。

「我什麼都不欠妳。」

「這樣你不會心裡不安嗎？」

他怒目看著我，然後把門當著我的面關上。

雖然雲層很低，看起來會下雨的樣子，我還是決定出去透透氣。我在海灘上散步了一個多小時，在回家往小屋走的路上，我看見了帕特跑到我這邊來。我撫了撫牠，然後繼續往前走。有輛車停在愛德華家門前。我經過的時候，他的太太正好從車子裡出來，我感覺到她看著我。

「妳還在這兒啊妳？」

我低下頭，不想回她的話。

「我要去看阿碧和傑克，假裝妳在這兒並不妨礙我們。」

我探著我的口袋想找香菸，卻摸到了汽車鑰匙。這正好是我需要的。

「愛德華。」她叫他。

「我來了。」他回答。

我關起車門，立刻發動。

我踩足油門在路上開了兩個多小時的車。回到村子的時候，我放慢了速度。但我的速度不夠慢，還是讓我看見了梅根從阿碧和傑克家裡出來。她不管到哪兒好像都是屬於她的地方。我本來以爲牧勒哈尼可以治療我的創傷，沒想到最後這裡卻成了埋葬我的墳墓。

朱蒂絲也把我忘記了。她沒告訴我她又回來牧勒哈尼。她在海灘上，和梅根談了一個小時的話。當我看見朱蒂絲到我家來的時候，我飛快地拿起我的袋子、鑰匙，立刻出門去。

「黛安。」她叫我。

「我沒有時間。」

「妳怎麼了？」

「這不關妳的事。」

「等一下。」她抓住了我的手臂對我說。

「放開我。」

我甩開她，然後進到車裡，開了車走。

我在路上亂開了一段時間之後，又回到牧勒哈尼。既然他們全在阿碧和傑克家，那麼我就去酒館。我推開門，決定好好喝幾杯，讓自己大醉一番。我坐在椅凳上，點了一杯酒，愛爾蘭人會讓我變成酒鬼。

我心裡萬般滋味，又想哭，又想笑。我把頭擱在吧檯上，看著成列的空酒杯。我想出去抽根菸，卻起身跌倒了，但我並沒有跌到地上，反而是跌進某個人的胸膛裡。

「謝謝。」我向這個扶起我的人道謝。這人是我從沒見過的。

「不客氣。我可以請妳抽根菸嗎？」

「你這個人眞是上道。」

我走到外面露天座位，比了個手勢要他跟隨我。我雖然眼睛有些昏花，但我知道他在覬覦我。他高興怎樣就怎樣吧，我才不在乎。我讓自己活像個「沒大腦的金髮女郎」。他跟我講了許多笑話，我根本都沒聽懂，但我還是很配合地笑得跟什麼似的。他還眞不浪費時間。他攬著我的腰，扶我回吧檯上，窺視著我的低胸上衣。我看了他一眼，他長得還不錯，可以讓我暫且忘記愛德華。我對他拋媚眼，問他要不要跟我喝一杯。他很快地接受了。

「再幫我們倒杯酒。」我對酒保說。

「黛安，別再鬧了。」

「不，倒杯酒來，我付錢。我有權利找樂子。」

我把錢丟在吧檯上。酒斟滿了，我一口氣喝光它，喝得酩酊大醉。

我整個人茫茫然，聽見旁邊傳來個聲音。

「別靠近她。」

這個聲音我認得，是愛德華。他是在對誰叫呢？我睜開眼睛，看見他扭住一個人的衣領。他含含糊糊地對我說了什麼。

「別搞錯了，是她挑逗我的。」那個人這麼說。

愛德華出手揍了那個人，將他擊倒在地。對方很快就走人了，簡直比光速還要快。

「喔……我做了什麼？」我說。

「妳差點做的事還眞是有意思啊！」朱蒂絲回答。我在這時候才注意到她也在場。

「住嘴。」

我試圖轉身，但是轉個不停的是我的腦袋，因爲整個地板都在浮動。

「哥哥，她不行了。」朱蒂絲對愛德華說。接著她又對我說：「黛安，我們帶妳回家。」

「少管我的閒事，我可以自己回家。我的事不要你們管！」

我停了下來。就是現在這個時候，我必須讓他們瞭解我心裡眞正的想法。我試著定住我的目光，我眼前不只有一個愛德華，而是兩個。

「仔細聽著，」我對愛德華喊著說，「你沒有權利介入我的生活，你在那天晚上就喪失了這個權利。我自己愛怎麼過就怎麼……」

「住嘴。」他喝住我，「妳今天已經鬧夠了。」

我還沒來得及回答他，他就一把將我抱起，把我像個袋子一樣的扛在他肩膀上。我捶打著他的背。

「放下我。」

他反而把我抓得更緊，往停車場走去。他把我放進車裡，一句話也沒說。我深深地睡著了。

當我醒過來的時候，人是在自己的床上。有人幫我脫了衣服。

「妳醉得很厲害。」朱蒂絲對我說。

「別管我的閒事。」

「這是不可能的。」

她在離開前，幫我把棉被蓋好。

幾分鐘後，傳來腳步聲，我睜開眼睛。愛德華端來了一杯水放在床頭的桌子上。

他摸摸我的額頭。

「別碰我。」

我試著坐起來。

「躺著別動。」

愛德華輕輕地推倒我，我無法反抗他。

「這一切都是你的錯。」我哭著對他說，「你是個大爛人。」

「我知道。」

我把自己埋在棉被裡。我聽見有人下樓梯的聲音，然後大門砰的一聲關上了。

我從頭到腳都在痛。每走一步路，腦子裡就嗡嗡響。走到了浴室，我扶著洗臉盆。我在鏡子裡的樣子讓我嚇了一跳，整個人浮腫，睫毛膏流在眼睛上，頭髮像極了鳥巢。我覺得自己好丟臉，羞愧得甚至連婚戒都不敢看，更別說去摸它了。我刷了好幾次牙，好除去口中嚴重的酒味。我決定再也不喝酒了。

朱蒂絲坐在沙發上，正翻閱著一本雜誌。

「妳怎麼還在這裡？」

「妳爲什麼動不動就發怒？」

「你們贏了！我要離開這個鬼地方。你們一群都是瘋子。」

「妳爲什麼這麼說？」

「自從我來這裡以後，你們就沒把我放在眼裡。」

「妳說什麼呀，昨天晚上我們全都爲妳擔心得要命。」

「說得眞好聽。」

我抬起頭看天花板。朱蒂絲走進了廚房裡。我在一張椅子上坐下來。五分鐘後她從廚房走出來，手裡端著一盤食物。

「妳先吃點東西吧，我們晚一點再說。」

我邊哭邊吃早餐，喝光了我的咖啡，朱蒂絲又拿了一杯給我。然後她點燃一根菸，拿給我抽。

「妳爲什麼沒事先通知我妳會來？」我問她。

「妳總不會是爲了這件事，才在昨天晚上搞出那個名堂吧？」

「我昨天晚上似乎喝了不少，呃？我昨天晚上眞的很可笑嗎？」

「相信我，妳會寧願不知道。」

她翹起一邊的眉毛。我把頭埋在兩手中。

「跟我解釋到底發生了什麼事。自從我來了以後，我就活在噩夢裡。那個爛女人又回來了，愛德華和意圖靠近妳的那個男人打了一架，而妳在酒館裡儼然是個發情的母狗。」

我一直把頭埋在兩隻手裡。我分開手指，以便從指縫裡看她。

「那個爛女人是誰？」

「梅根。不是她還有誰。」

「妳說妳哥哥的太太是個爛女人。」

「妳是聽誰說她是他太太的？如果我哥哥結婚了，我總會知道吧。」

「那是她自己說的，愛德華也沒有否認。」

「真是的……等一下，有件事我一直不明白，就是她那天晚上到的時候，妳正在愛德華家裡？」

「對。」我不禁低下了眼睛。

「妳和他上床了。」

「我們沒時間。」

「媽的！這個女人好像裝了雷達，愛德華也眞是沒種。」

她站起來，在屋裡兜著圈走。她讓我頭昏起來，我又點了一根菸，走到窗邊去。我看見愛德華在遠處的海灘上，我把額頭靠著冰冷的窗玻璃。

「黛安。」

「什麼事？」

「妳愛他嗎？」

「我想是……不知道爲什麼就被他吸引。當我們兩個人在一起時，我就很好……但沒有用的，即使他沒有結婚，他們兩人還是在一起。」

「不，妳搞錯了。」

朱蒂絲攤坐在沙發上，點燃一根菸，瞇著眼睛觀察著我。

「要是他知道我跟妳說這些，他會殺了我的，但我才不在乎。妳坐下來，我跟妳說。」

我照著做了。

「妳知道，他的性格都是因爲我爸爸媽媽的死造成的。他和梅根之間的關係讓他生活一團糟。所以我才會一接到阿碧緊急求助的電話，就趕快趕來這裡。」

「但這女人是個什麼樣的人呢？」

「她是個不擇手段往上爬的人。她向來很有野心，想在社會上出人頭地。她會運用各種機會，利用各種人際關係。她一開始什麼都沒有，一切都是她自己爭取來的。她很勤奮工作，才到達她目前的地位。她是在都柏林一家最大的人力銀行上班。她爲達目的，甚至可以否定自己的爸爸媽媽。她非常聰明、非常邪惡，尤其非常善於玩弄人於股掌之間。」

「他喜歡的原來是這種女人？」我不禁冷笑起來。

「我也不知道，但這是他唯一的一段感情。」

「這個女人是他一生的摯愛？」

「從某方面來說是的。」

我瞪大了眼睛，並忍住作嘔。

「妳必須知道，愛德華在認識她以前，並不想和女人有關係。他總認爲男女之間的關係最後一定會以失敗收場。對他來說，愛上一個人，接下來就是要爲她受苦，最後都會是背叛，會被拋棄。所以，他通常只有沒有明天的短暫關係，直到他認識了她。剛開始，他覺得她是他的戰利品。愛德華很欣賞她的果決、她的自信、她的激切。後來，她也讓愛德華相信她是個相信愛情的人，她想要和他建立家庭……」

「那妳呢？妳不相信她？」

「我對她做了一番調查。我覺得她有問題。她太熱中於名利，我後來知道是她要愛德華的。愛德華陰鬱的藝術家形象對她有幫助。對她來說，這是調和她過於勢利的名聲的方式。我把這些都告訴了愛德華，這讓我差點失去了愛德華。我們後來有好幾個月不說話。」

「他們之間怎麼結束的？」我迫不及待想知道。

「在這時期，愛德華在工作上度過了一段懷疑期。他為一家雜誌社工作，但他想成為只為自己創作的藝術家。梅根不同意他這個想法。我總是認為她很擔心他的收入會變少。我哥哥向來我行我素，這一次他真的受不了了。他覺得很受挫，總是怒氣沖天。但他卻還是需要她，需要她的支持，但這時候他卻逼得她犯了錯。」

「妳能繼續說下去嗎？」我對朱蒂絲說。

「愛德華出門去做報導。當他回家的時候，卻在家裡發現梅根和他的一個同事上了床。」

「好可怕啊。」我倏地站起來，並大叫說。

「他打傷了那個男的。要不是梅根哀求，他大概會出手得更重。然後愛德華把自己所有的東西都裝上了車。她哀求他留下來，她向他保證以後再也不會發生這種事，他們可以一起度過這個難關，她最愛的還是他。想也知道，愛德華根本不想聽。」

我像隻母獅子被關在籠子裡團團轉，我眼睛不離朱蒂絲。

「這很正常，不是嗎？」

「他本來是想等他工作的問題解決後，要向梅根求婚的。所以妳可以想像他這時候是整個人跌到谷底。」

「他後來怎麼走出來的？」

「他跑到阿倫群島。他幾乎在這個地球上消失了兩個月，沒有人知道他人在哪裡，我甚至在想需不需要到警察局報案，弄個尋人啓事。然後有一天，他又出現了，向阿碧和傑克要我們爸爸媽媽房子的鑰匙，他就在這房子裡定居下來。從這時候起，他便決定從此再也不要讓女人使他受苦，他要獨自一個人過活。

「爲什麼梅根這次會再出現？她想要什麼？」

「要他。她以她的方式愛著他。」

我肩膀一緥。

「她從來沒忘記他。」朱蒂絲看著我一臉不相信的樣子，又接著說：「這五年來她盡了一切努力想要挽回他。她甚至來到他面前哭。梅根還是他唯一愛過的女人。我也知道，當他爲了工作去到都柏林的時候，他們有時還是會見見面。她總是知道他人在哪裡。而且每次他們見面，愛德華都不會在我家過夜。這就好像吸毒的人毒癮總會再犯。」

「不管她做什麼，她還是留住他。」我說。

「我比較會說這是從前的事了。因爲自從妳來了以後，妳改變了他。我不知道妳是怎麼做到的，妳應該有什麼祕訣。他帶妳去阿倫群島，那裡是他的隱居之處，對他來說是個神聖的地方。」

「對我來說，卻沒有任何用處。」

我無法待在原地。我拿起我的菸，點燃了一根。我深深吸一口氣，好讓自己平靜下來。

「我很擔心他，」朱蒂絲說，「就在他準備和妳試著建立關係的時候，梅根卻這麼來了，說她生命中就他一個男人，她準備搬回這裡住。他快被逼瘋了。」

「她出現的時候，他並沒有試圖留住我。我去問他，要他給我一個解釋的時候，他也不甩我。對我來說，事情很簡單，他已經做了選擇。她現在住在他家，不是嗎？」

「不，他讓她去住旅館。我看見他昨天晚上的反應。當酒館老闆打電話給他，說妳在酒館裡的事時，他非常的擔心。在他看見妳和另外那個男人的時候……老實說，他的反應讓我害怕。」

「就算我相信妳說的好了，那我現在該怎麼辦？」

「妳該盡全力挽回。妳可以的，對不對？」

我轉向大玻璃窗，尋找著愛德華的蹤跡。他一直在海灘上，看起來更孤單，也更帥。

「當然。」

「那麼，動起來吧。去誘惑他。讓他明白他一生最愛的女人是妳，而不是另外那個爛女人。」

9

朱蒂絲剛剛離開。離開前，她讓我在《聖經》上按手起誓要盡快採取行動。正當我準備早早上床睡覺時，突然聽見了敲門聲。這一天還眞是過得沒完沒了。我打開門發現是梅根的時候，差點笑了出來。她從頭到腳地打量著我，我也趁此機會打量她。這是我第一次這麼近看著她。她的美是一種冷冰冰的美，她高高抬著頭，一副很自傲的樣子。不管哪個女人站在她身邊，都會像是個剛走出校園的中學生。她是個性感的都會女子，身上穿著高級牛仔褲，腳上穿三吋高的高跟鞋，身上找不出半點缺陷。在和她相較之下，我實在顯得平凡極了。

「黛安娜，是吧？」

「不，我叫黛安。有什麼事嗎？」

「愛德華昨天晚上好像跑去救妳了？」

「這關妳什麼事？」

「妳別繞著他轉，他是我的。」

我忍不住冷笑起來。

「妳笑吧，我才不在乎。別浪費時間了，妳不是他喜歡的那一型。說眞的，妳眞該照照鏡子。」

她臉上的表情眞讓人作嘔。

「妳找不到更好的辦法來嚇唬我嗎？」我對她說，「如果妳以爲這樣我就會讓位，妳就太天眞了。」

她臉上邪邪帶著笑。

「妳就是讓他可憐妳，對吧？」她問我。

我呼吸急促，我的兩隻腿也忍不住抖動起來，眼眶裡溢滿淚水，手緊緊抓著門框。

「眞是可憐蟲。」梅根說。

我彷彿聽見引擎的聲音。她冷笑著。

「太好了，愛德華來了。他會看見妳這可憐相。」

愛德華從車子裡走出來，走到我們兩人旁邊。

「妳來這裡做什麼？」他問梅根。

我低下頭。

「我聽說黛安遭遇不幸，我是爲她的丈夫和女兒來向她獻上慰問。」

「妳完了沒？」

愛德華的聲音聽起來眞是冷冰冰，我不禁抬起頭來，看見他也以冰冷的目光看著梅根。她這時臉上卻帶著一副關懷的表情，一隻手放在我手臂上，對我說：

「我很抱歉，我不想在傷口上灑鹽。如果妳需要我們，請別客氣。然後等妳覺得好一點，我們就來個女人的約會，一起喝一杯……」

「好了，梅根。」愛德華打斷她的話，「知道了。拿鑰匙，回家去吧。」

她在我臉上一吻，一個猶大的吻。她轉過身正要走，卻又轉回來對愛德華說：

「愛德華，我們一起回去吧？」

「不，我有話跟黛安說。」

她面帶微笑，沒說什麼。我的精神突然好了起來。她隨即又靠近他旁邊說：

「你們慢慢聊，我先回家準備愛的晚餐。」

她踮起腳尖，在愛德華唇上吻了一下。我看見愛德華的手放在她的腰際，我突然像個漏氣的氣球，一下子又消靡了下來。梅根對我眨了眨眼，然後便往愛德華家走去。我知道我翻著白眼看著他，但我沒辦法控制。他把手放在頭髮上，眼神逃避著我。顯然，他自己問自己為什麼他要跟我留在這兒。我幫他把事情簡單化。

「別讓她久等了。」

「那天晚上妳怎麼了？」

「我得讓自己忘記我的遺憾。」

我們久久地看著彼此的眼睛。

「妳希望我怎麼樣？」他問了這句話。

「希望你好好掌握自己的人生，並做好……某些決定。」

他點了一根菸，轉過身背對著我。

「這很複雜，我沒辦法回答妳。現在沒辦法。」

他走了開來，沒再多說一句話。

「愛德華。」

他停下腳步。

「不要把我排除在妳的人生之外。」

「即使我想這麼做，我也做不到。」

說完，他便走回他家去。

梅根一定是監視著我們。當他回到門口時，她開門出來，拉他進門，將他拉到她身邊。爭戰開始了，而梅根占了優勢。她很瞭解他，她知道什麼時候跟他說話、說什麼話。他們有共同的過去，她可以好好運用這一點作爲爭戰的武器。而我和他之間又有什麼呢？我們之間的事總是不安寧。除了一開始有點暴力的鄰居關係之外，只有幾個星期的休兵，修護了關係，但終究我和愛德華之間共同分享了什麼呢？我想著這個問題入了眠。

雖然這並不代表什麼，不過梅根並沒在他家過夜。她才剛剛到。愛德華早就在海灘上，帶著攝影機拍照。我看著梅根穿著尖尖的高跟鞋在海灘上走，忍不住笑了出來。在看到帕特一把撲上梅根時，我更是笑得不可自勝。這隻狗眞不愧是我的好朋友。帕特剛剛才在沙堆裡滾過一圈，梅根的美麗大衣這下子全沾上了泥。突然，我心裡非常的清楚，我知道我和愛德華兩人共同分享了什麼。在這個領域裡，梅根是沒辦法和我相比的。

我的毛線帽、我的圍巾，當然都是純羊毛的，這會是我的魅力所在，我的王牌。眞是不可思議，我走在海灘上，心裡很輕鬆，也很有決心要讓這女人知道她並沒有把我排擠開來。我在她身後，她並沒注意到我。她自言自語地說：「不可能讓他繼續窩在這個小地方，我要盡快把他弄到都柏林去。」

原來她是在打這個主意。

「嗨，梅根！」我走到她面前跟她打招呼。

我吹了口哨，帕特跑到我旁邊來。牠一把撲到我身上，我站在原地，撫摸牠。牠看見我撿了一根棍子要跟牠玩，快樂得跳來跳去。我把棍子丟出去，看了一眼我的情敵，然後我便繼續走在海灘上。愛德華在遠處看見了我。我跟他招招手，一邊繼續跟狗玩。他知道我人在這兒，這就足夠了。不知不覺地，我走近他身邊，但是沒看他，我還是很專心的跟狗玩。

「黛安。」我聽見他叫了我。

我有點難以掩飾我的微笑。我還沒來得及轉頭看他，帕特就一把撲到我身上。這很正常，因爲我手裡拿著棍子。我跌坐在海灘裡，不可抑遏地大笑起來，而這正是我這時候要的。帕特也趁機跑過來舔我的臉。有人從我手中拿走了棍子，帕特跑了開來。我睜開眼睛，愛德華正岔開兩隻腳，一腳一邊的跨在我身體兩側。我注意到他臉上的線條緊繃，眼睛有黑眼圈。不過，他正對著我笑。

「妳眞該看看妳自己這個樣子。」

「我一點都不在乎。」

他伸出手，我抓住他的手，他幫我站起來。我們就這樣手牽著手好一會兒。然後，他用他的拇指擦掉我臉頰上的沙子，這時我又在他臉上看見了溫柔，就像前一陣子。這眞是大好時機。

「你要和我散步一會兒嗎？」我向他提議。

他的手一直擱在我臉頰上，這時才移開。他看了看大海那邊，然後轉過頭來看著我說：

「我要回家了。我有照片要沖洗。」

他收拾了他的攝影器材，我嘆口氣。但很訝異看見他又走到我旁邊來。

「妳想看看我們在阿倫群島上拍的那些照片嗎？」

「當然想！」

「那妳跟我來囉，我把照片給妳。」

我們一語不發的走離海灘。有那麼一會兒，我幾乎忘了梅根。她靠在她的車子旁，在等著我們。

「妳在這裡幹嘛？」愛德華不客氣的問她。「妳討厭海灘不是嗎？」

「我來看你，我必須跟你談談我的計畫。」

「我沒有時間，我有工作要做。」

「我可以等。」

愛德華繼續往前走，我跟在他後面，梅根也跟在我後面。到底該怎麼跟她說，她才懂她這時很打擾人？愛德華打開他家大門，走進屋內。我站在門檻邊，梅根推了我一下，隨著愛德華走進屋內。

「我跟妳說了現在不行。」愛德華對梅根說。

「那她呢，她在這兒幹嘛？」

「愛德華有照片要給我，我拿了照片就走。」

愛德華走到樓上去，我點燃了一根菸，梅根則站在那裡沒動。兩分鐘後，愛德華從樓梯上下來，手裡拿著一個大封套。他把封套給了我，一句話都沒說。

「謝謝，」我對他說，「晚點見。」

「隨時歡迎。」

我最後又對他微微笑，然後就走回我家。我聽見梅根哀求著愛德華，說她要留在他家。但是他要她去散步。

我走到我家大門前。

「等一下。」我聽見梅根對我說。

我今天的勝利值得細細品嘗一下。我轉過頭去，給了她一個最虛情假意的微笑，她則因為怒氣而變醜了。

「那是些什麼照片？」

「喔，這個啊。」我把封套在她鼻子前晃了晃。

「別跟我來這一套。」

「這是愛德華幫我拍，還有幫我們兩人拍的照片，是在阿倫群島拍的。」

「妳說謊！」

「妳不相信我的話？我一點都沒騙妳。再說，那裡的旅店很迷人，床很舒服，是戀愛中的人夢寐以求的地方。」

「給我看看！」

她從我手中奪下封套。雖然我不信教，但這時我祈禱上帝別讓這件事鬧得太誇張了。看著梅根因爲生氣和嫉妒，臉上的線條都變了形，我暗暗許諾自己等一下遇到第一座教堂時，要進去點一支蠟燭。

「這是不可能的。」她重複說了好多次。

「這偏偏是事實。」

如果她的眼睛是機關槍，我身上早被打了好幾個洞。她把照片丟在我臉上，便往她的車子走去。

「妳要爲這件事付出代價的。」

我看了一眼第一張照片。如果我是她，我一定會變得歇斯底里的。我沒回答她的話就走進我家。我要來好好欣賞這些照片。

第二天晚上，我決定去酒館，看能不能遇見愛德華。酒館老闆給了我一個大微笑。我坐上一張椅子。

「上一次，我很抱歉。」

「那沒什麼，這種事誰都可能遇到。」他邊說邊倒了一杯酒給我，還說：「這杯是請妳喝的。」

「謝謝。」

他看了一眼入門的地方，然後抬起眼睛看看天花板，又轉過來對我說：

「祝妳好運。」

「你為什麼這麼說？」

「晚安，黛安。」梅根突然出現在酒館裡，難怪剛剛老闆會說祝我好運。

她走過來坐在我旁邊，點了一杯白葡萄酒。如果愛德華這時候出現了，我是一定沒法跟梅根相比的。她眞是非常的漂亮，沒有一個男人抗拒得了她。她身上穿著一件黑色的洋裝，看起來非常的性感，非常有格調，露出了該露的肌膚，讓人有慾望窺探更多。

「我有個提議，想和妳談談。」她在幾秒鐘之後跟我說了話。

我帶著戒心的轉向她。

「我不得不承認你們之間是有點什麼，妳果然是我的對手，我不得不稱讚妳。」

「妳到底想說什麼?」

「不管妳怎樣,愛德華都是我的,不過他心裡是有妳,我不得不適應這件事。所以,我的提議是,我消失幾天,妳去誘惑愛德華,和他上床。這樣他才能轉而做別的事……最後,才能回到我身邊。」

「我想,妳該去看醫生。」

「妳別假惺惺了。我覺得妳從妳丈夫死後,妳就沒和其他男人上過床。」

我真想吐。

「妳知道嗎,和愛德華做愛對妳會是重拾性愛的好辦法。我其實是想幫妳的忙。」

這眞是骯髒。我實在沒什麼話好跟她說。

「妳拒絕?算妳倒楣。」

她看了我一眼,然後便從袋子裡掏出手機,撥了一個號碼。

「愛德華,是我。」她嬌媚地說,「我在酒館裡……我想著你。我們今天晚上能見面嗎?我們必須談一談……」

她的聲調隨著談話的進行而有了變化,她變得更溫柔。

「昨天我很抱歉,我知道你工作時需要獨處。」

我聽不見愛德華說什麼，但從梅根的說詞裡，我大概也猜得出來他怎麼說。

「我實在不該怪你和黛安度過了一段時間。你是個好男人，你幫助她度過難關。是我自己不好，不該怪你。」

我快瘋了，愛德華不應該聽信這樣的話。

「但看著你跟另一個女人在一起對我實在太挫折了。」她哭腔哭調地說，「我知道我對不起你，但我只想我們兩個人能再跟從前一樣……」

這眞是可笑，這不可能行得通的，不可能。愛德華總不會這麼輕易就上當。即使她現在裝得像小貓咪一樣，愛德華是不可能再掉進這頭母老虎的陷阱的。

「我求求你。」她低聲地說，「說好嘛，只要今晚就好，拜託啦。我們談談我搬到這裡來住的事……」

她臉上浮現了一抹微笑。

「謝謝……」她嘆口氣說，「我等你。」

梅根掛斷電話，從她袋子裡拿出一面鏡子，檢查她臉上的妝。她把所有的東西都收好後，轉過頭來對我說：

「愛德華一點都沒變。我知道他喜歡聽什麼樣的話。」

「妳眞是爛人。妳怎麼能這樣對他說話？全都是謊言。」

她手一揮，根本不理睬我說的。

她笑了起來。

「我可憐的黛安，我已經事先告訴妳了。」

我走到外面的露天座，猛力地抽起菸來。

再走進酒館的時候，我發現愛德華已經到了。梅根正準備和他一起離開。她一隻手攬著愛德華的腰，他由著她。是梅根第一個發現我走了進來。

「這不是黛安嗎？」她對他說。

「是。」他看著我，回答她。

她拉著他到我這邊來。他和我彼此四目相視。

「晚安，」梅根對我說，「眞是可惜，我不知道妳人在這裡，要不然我們可以喝一杯，兩個人認識一下。」

她給了我一個看起來非常和善的微笑，愛德華看著她的眼神是我從來沒見過的。梅根的演技實在是太驚人了，我只有看著她繼續演下去。

「我們得走了，我在餐廳訂了位。下次我們一定要好好聊一聊。」

我實在是被她的演技驚嚇呆了，只應著她的話蠢蠢的點頭。

「妳先到車上去等我。」愛德華對她說。

她在他臉上印上一個吻，然後對我說：「下次見。」我眼神跟著她，愛德華也是。

她走到門邊停了下來，轉過身，對我們擺擺手。

「你眞的要和她度過今天晚上？」

「我們有事必須談一談。」

「別忘了她對你做了什麼。」

愛德華的眼神變得堅硬起來。

「妳不認識她。」

「別讓她再傷害你。」

「她已經改變了。」

他準備轉身離開，我拉住了他的外套。

「你確定她改變了嗎？」

「晚安。」

我放開了手，他最後又看我一眼，然後轉身就走。

這天晚上他沒有很晚回家。我知道他人在暗房裡，因爲我看見紅色的燈光從窗戶透了出來，梅根的計畫一定失敗了。

第二天一早，我的心情糟透了。我看見他們兩個人在海灘上，我躲在我房間的窗簾後面看著他們。她貼在他身上，眨著眼睛對他微笑。不過，他多少還是和她保持著某種距離。他們往我的小屋的方向走來，他陪著她走到車子旁。接著他們兩人面對面，我看見愛德華緊繃著的臉，她則把一隻手放在他的胸前。他搖搖頭，往後退了一步。梅根踮起腳尖，在他臉頰上印了吻。她坐進車子，離開了。他點燃一根菸，然後待在自己家中沒出門。

幾個小時以後，有人敲我的門。我打開門，發現是愛德華。

「我能進來嗎？」

我讓了個身，讓他走進客廳裡。他似乎很焦慮，在原地團團轉。

「你有話要跟我說嗎？」

「我要離開了。」

「這話是什麼意思，你要離開？」

他轉過身，走到我旁邊來。

「我只是要離開幾天。我需要一個人靜一靜。」

「我瞭解，那梅根呢？」

「梅根待在旅館裡。」

我撫撫他的臉頰，用一根指頭摸摸他的黑眼圈。他看起來很疲倦，他已經快不行了。

「照顧好妳自己。」

他一直看著我。我沒想到他這時會把我抱進他懷裡，緊緊抱著我，把他的頭窩在我的脖子邊。我也依偎著他，眼淚不禁流了下來。他挺起身子，在我的太陽穴吻了一下，放開我，一句話都沒說的就離開了。

他出門後沒多久，我人就變得很憂鬱。我心中痛苦的在小屋中晃來晃去。

幾天過去了，我心中的憂鬱也減緩了一些，但我還是待在家裡。我不想遇見梅根，然後又是一場戰爭。難怪愛德華想要逃。他這幾天一點消息也沒有，但我一點也不訝異。我在椅子上一坐就是好幾個小時，看著牧勒哈尼的海灣。我回想著過去這段時間：柯藍和克拉拉的死、我來到愛爾蘭、我認識愛德華。

一天下午，我的電話響了，是菲利斯。我猶豫了一會兒才把電話接起來。

「哈囉。」

「好久不見。」

「巴黎那邊有什麼新的消息嗎？」

「沒，沒什麼特別的。妳那裡呢？」

「這裡也沒什麼特別的。」

「妳的聲音聽起來怪怪的，都還好吧？」

「沒事，都很好。」

「妳現在在幹嘛？」

「我在想我的未來。」

「然後呢？」

「我很迷惘，但是希望在不久的將來就能找到答案。」

「有什麼消息，讓我知道。」

「好，一定。我掛電話了。」

我掛了電話，點了一根菸。

愛德華離開了一個禮拜。這一個禮拜以來，我也設想了各種情況，我想像各種可能。一天下午，當我聽到有人敲我的門的時候，我想就是答案揭曉的時刻到了。

愛德華站在我家門前，神色嚴肅。他眼睛直直看著我，讓我有些害怕起來，我的心跳得好快。他一句話也沒說的進了門，站在大落地窗前。我跟在他後面，離他幾步遠。他把手擱在臉上，深深嘆了一口氣。

「梅根出現的時候，我有點驚慌而亂了腳步。然而，對這件事我早就有答案了。要是我一開始就誠實以對，這件事也不會演變成現在這樣。」

「你是想跟我說什麼？」我聲音顫抖的問他。

「我已經請梅根離開，回都柏林去。」

「你確信你要這麼做？」

「她早就走出我的生命了，我們之間早就結束了。現在就是我們兩個人，也只有我們兩個人。」

我說不出話來。我看著他，他從來沒像這一刻這樣看來如此誠懇、如此放鬆。他對我微笑，走近我，攬著我的腰。我緊抓著他的襯衫，免得癱倒在地。他把他的額頭貼在我的額頭上。

「黛安，我想和妳一起建造未來……我愛……」

我將手指頭放在他的唇上。屋中一片寂靜，我幾乎可以聽見自己心跳的聲音。我看著我的手放在他的胸前，感覺到他的氣息呼在我皮膚上。我輕輕地掙開他的懷抱，倒退了幾步，癱倒在沙發上。他跟著我走過來，面對著我坐在矮桌上，抓著我的手。

「我們一切從頭開始。」他對我說，「別害怕。」

我看著他的眼睛。我從他眼裡看到了溫柔與情愛，這讓我心中大受感動。我不能不說點話。

「我可以說說我心裡的想法嗎？」

他對我微笑，我緊握他的手。我深深吸一口氣，準備開口。

「我沒想到你不在的這段時間，我是如此難熬……自從我來到這裡以後，我們之間發生了許多事，在這段時間我也想了很多。你進入了我的生命，我重新有了奮鬥的力量，重新有了歡笑，有想活下去的欲望……你對我是這麼的重要，幾乎成了我最重要的人……我眞的想這麼相信我們可以在一起……我眞想相信你可以塡滿我內在所有的空虛，相信我可以重新愛一個人……」

我非常的激動，任由眼淚一直流。我的手發抖，我緊緊抓住他的手。他的眼神透露出他心裡的痛苦，我這時候對他造成的痛苦。但我還是要把話說完。

「但是我還沒有準備好……我的過去太過沉重。我不能夠排除柯藍。如果我和你開始一段感情，遲早有一天我會怪你不是柯藍……我不希望事情變成這樣……你不是我的枴杖，也不是治癒我的藥，你値得別人無條件的愛你，愛你一個人，而不是因爲你治療了傷痕而愛你。我知道，我還不能只因爲愛你而愛你。總之，至少現在還不是。我必須先建造我自己，我必須自己先強壯起來，自己先變好，不再需要別人的幫助。只有在這樣的時候，我才能眞正的愛人，完完全全的。你瞭解我的意思嗎？」

他放開我的手，好像我的手燒傷了他一樣。他緊咬著下巴。我呼吸了一口氣，緊接著又說一句話：

「我要離開，因爲我無法在你身邊過活。」

我心裡對自己說：**我也不能離你太遠過活**。我的眼淚一直流，我們彼此注視著彼此。

「我買了一張機票，再過幾天就要離開牧勒哈尼。我要回巴黎。我必須先把自己建造好，我必須靠自己。」

我試圖抓著他的手，但他把手縮回去。

「對不起。」我喃喃地說。

他閉上眼睛，握緊拳頭，深深吸了一口氣，然後看也不看我一眼，站起來往大門的方向走去。

「等一下。」我在他背後哀求著說。

他迅速打開門，任由門敞開著。他跑到他車邊，坐進車裡，離開了。在這一刻我明白我再也見不到他了。我心痛，好痛好痛。

接下來最容易的部分就是告訴菲利斯。我打電話給他。

「又是妳。」他接起電話說。

「沒錯……你還能受得了我嗎？」
「什麼？」
「我要回去了。」
「妳什麼？」
「我要回去巴黎了。」
「**太棒了！**我要來辦個盛大的慶祝會。然後，妳就住到我家來……」
「我不要什麼慶祝會。而且我要住在『快樂的人』樓上那間小套房。」
「妳有問題啊，那間套房太小了。」
「那間套房很好。而且這樣『快樂的人』可以準時開店。」
「妳打算工作了？這倒是個好消息。」
「那我們就『快樂的人』見。」
「我到機場接妳。」
「不必，我現在凡事要自己來。我現在可以獨立了。」
三小時後，我的心情很沉重。我到阿碧和傑克家去，朱蒂絲來開的門。
「妳怎麼在這兒？」我問她。

她抱住我的脖子。

「我哥哥人呢？我昨天晚上遇見梅根，她在酒館裡勾引所有的男人。我跳上車，想來跟妳說恭喜。」

「妳人在這裡正好，我有事想跟你們三個人說。」

「發生了什麼事？」

「我先見見阿碧和傑克吧。」

她讓我進了門。阿碧把我抱在懷裡，對我說聲「親愛的」。朱蒂絲大概跟他們兩人說了我和愛德華是天生的一對。我的眼睛湧起了淚水，我看見傑克深具洞察力的眼神，他似乎一切都明白了。

我們坐了下來。阿碧和朱蒂絲在沙發上動來動去，只有傑克很平靜，他觀察著我。

「妳要走了，不是嗎？」他問我。

「對。」

「什麼啊？這是怎麼回事？」朱蒂絲叫了起來。

「我的人生在巴黎。」

「那愛德華呢？」

我低下眼睛，人縮了起來。

「我以為妳愛他的。妳和梅根眞是半斤八兩，妳利用了他，現在妳居然要放手。」

「朱蒂絲，夠了。」阿碧說了話。

「妳什麼時候離開？」傑克問我。

「後天。」

「這麼快！」阿碧驚呼一聲。

「這樣比較好。還有另外一件事……當我跟愛德華說我的決定的時候，他人就離開了，他到現在已經有三天沒回家。我不知道他人在哪裡……我很對不起。」

「這不是妳的錯。」傑克對我說。

朱蒂絲從沙發上跳起來，拿了手機打電話。

「討厭，是轉語音。他又要消失一段時間了。這件事情已經有過一次，別又來第二次！眞是討厭！」

朱蒂絲很生氣，她甩著她的手機，就當作我人不在場。

「我該走了。」我對他們說。

我往大門走去，我從眼角看見傑克抱著阿碧的肩膀，他們兩人的臉上都帶著悲傷與不安的神情。阿碧在門邊抓住我的手臂說：

「妳要和我們保持聯絡，有什麼消息要告訴我們。」

「在這裡的這段時間眞是謝謝你們了。」我努力忍住淚地說。

我抱了抱阿碧，也吻了吻傑克的臉頰，然後我面對著朱蒂絲。

「我陪妳上車。」朱蒂絲看也不看我的說。

我打開車門，把袋子往車裡一丟。朱蒂絲一句話都沒說。

「我失去了一個朋友嗎？」我問她。

「妳決定讓自己當爛人！我有個哥哥要管已經夠我累的了。」

「妳以後會照顧他？」

「放心，我當然會。」

「我不知道該怎麼跟妳說，我寧願這件事……」

「我知道。」她打斷我的話，直直的看著我的眼睛。「如果我想，我可以到巴黎看妳嗎？」

「當然，隨時歡迎。」

我開始哭了起來，我也看見朱蒂絲眼睛裡充滿淚水。

「快走吧。」

上車前，我把她緊緊抱在我懷裡。我就這樣離開了，沒有再多看她一眼。

我做了一番大掃除，好把我在這裡留下的痕跡都清理掉。我的行李先是堆積在大門入口的地方，後來搬到了車上。在我關上後行李車廂時，我往隔壁的小屋看了一眼，那裡還是不見人影。我在愛爾蘭的最後幾個小時就是在這樣的孤獨中度過。

我最後一個晚上是坐在沙發上度過的，也不知道在等待著什麼。太陽一升起，我就要上路。我喝了咖啡，抽了一根菸，最後再在小屋裡繞一圈。

外面，天色還很陰暗，天正下著雨，一陣陣寒風襲來。愛爾蘭的氣候直到最後一刻都還是保持本色，以後我會懷念它的。

在我鎖門的時候，突然心頭作嘔，我把額頭靠著門。是該離開的時候了，我走向車子，接著定住不動。愛德華人就在那兒，臉色凝重。我跑了過去，整個人投入他的懷抱裡，眼淚不停地流。他緊緊抱著我，撫摸著我的頭髮。我呼吸著他身上的香水味，他把雙唇印在我的太陽穴上，緊緊的印在上面，這讓我有勇氣抬起眼睛看著他。他把他的大手放在我的臉頰上，我試著向他微笑，卻笑不出來。我一直抓著他的手這時鬆了手，他最後一次把他的眼睛緊緊扣著我雙眼。他往海灘的方向走去，我則上了車，發動了車子。因爲把方向盤抓得太緊，以致我的指關節都變白了。我再看一眼後照鏡，看見他人在那兒，在雨中，面對大海。眼淚模糊了我的視線，我用手掌擦去眼淚，踩下離合器，開車上路。

10

我搭計程車坐到「快樂的人」門口，司機把我的行李放在人行道上。咖啡廳關著，沒看見菲利斯。我站在門邊把額頭貼著窗玻璃看，裡面很暗，而且似乎充滿灰塵。我坐在一個旅行袋上，點燃一根菸，觀察著四周的一切。

回到出發的地方，一切都沒變。城市裡的人行色匆匆，交通一團亂，各處商家都在忙著。我已經都忘了巴黎人老是臭著一張臉，眞應該讓大家上一堂愛爾蘭的溫暖人情課。我心裡雖然這麼想，但是我很清楚，兩天後，我也會跟所有的人一樣臉色蒼白，成個討人厭的人。

我枯等了一個小時，才看見菲利斯遠遠地到來。我對自己說他樣子有了很大的改變。他頭戴鴨舌帽，沿著牆走。當他來到我的面前，我發現他臉上貼了個繃帶。

「什麼都別問我。」他對我說。

我大笑起來。

「這樣我就懂爲什麼咖啡廳關著。」

「只有妳回來這裡，能讓我從家裡出門。好小子，妳眞的回來了（他捏捏我的臉頰）。眞是怪事，這就好像妳從來沒有離開一樣！」

「回到這裡，我一時還眞不習慣。」

我開始覺得疲倦襲了上來。

我投進他臂彎裡，哭了起來。

「別這樣子哭嘛，我不過是鼻子受了傷。」

「我才不是哭你的鼻子。」

他撫慰著我，緊緊把我抱在懷中。我邊哭邊笑。

「妳眞的要住在這樓上嗎？」他問我。

「對。」

「好吧，既然這是妳要的。」

他幫我把部分行李搬上樓去。

他在套房門前把鑰匙拿給我。我打開門，走進去裡面，發現裡面竟然有一堆紙箱。

「怎麼會有這些？」

「這是我從妳原來的公寓裡整理過來的。我暫時把它們放在這裡，等妳回來處理。」

「謝謝。」

我不停地打呵欠，菲利斯則不停的講話。他點了一塊披薩，我們兩個人吃。他說起他是怎麼把鼻梁折斷了，事情牽涉到一個喝得爛醉的派對。

我打斷他的話說：「我們現在有的是時間了，我累死了，我們明天必須要有精神。」

「為什麼？」

「為了『快樂的人』啊！」

「妳眞的不是開玩笑的，妳要回來工作了？」

我沒說話，只是意味深長地看了他一眼。

「好，我瞭解了。」

他站起來，我陪他走到門邊。

「明天早上在『快樂的人』碰面，我們來清理一下。」

他在他口袋裡搜尋著鑰匙，把它拿給我。

「鑰匙給妳，萬一我起不來。」他抱了抱我。

「晚安。」

他用奇怪的眼神看著我。

「怎麼了？」

「沒有，我們再說了。」

十分鐘後，我上了床，但一下子睡不著。我忘了城市裡充滿了噪音，有喇叭聲等等的。牧勒哈尼已經很遠了，愛德華也是。

我從大樓裡的通道走到咖啡廳去。門會吱吱響，咖啡廳裡一股悶了很久的味道。我按下電源總開關，好幾盞燈都不亮了，「快樂的人」顯然狀況不太好。我往裡面走，在記憶裡搜尋這裡以前給我的印象。過去的一切，現在已所剩無幾。我看著書架，有些書架上已經空了。在還有書的書架上，我摸了摸書，隨意拿起一本來看，書都已經泛黃、折了角，再拿起第二本、第三本，書況也沒有好到哪裡去。我走到櫃檯後面，撫摸著吧檯上的木頭，感覺黏黏的。我看了一眼杯盤，杯子和盤子也都有缺口，帳簿和訂貨的簿冊都掉在地上。爲了拯救我自己，爲了治癒我自己，我要讓這家咖啡廳再活過來。

我在拖地的時候，菲利斯終於來了。

「妳在當清潔婦啊？」

「對。你也要幫忙清潔。」

我把一副塑膠手套丟給他。

做了幾個小時的清潔工作以後，我們兩個人席地而坐。我們清理出十幾袋垃圾，堆在外面的人行道上。這時候，「快樂的人」終於乾淨多了。

「菲利斯，從現在開始你別再當圖書館員了。」

「那我來當商人了？」

我搖搖頭。

「你要跟你所有的朋友說，以後消費一定都要付錢。瞭解了吧？」

「妳現在這樣子眞讓我害怕。」

他用手擋住了臉。我拍了他一下，然後便站起來。

「現在沒事了。」

「明天呢？我們要做什麼？」

「明天要訂貨。」

「妳還需要我嗎？」

「別擔心，明天有你忙的。」

菲利斯和我兩人各站在吧檯一側。我查著帳，菲利斯則準備訂貨，天色早就黑了。

「停，我受不了了。」菲利斯說。

他站起來，爲我們斟了兩杯酒，把所有的簿冊收起來，然後坐在吧檯上。

「老闆娘不說話啊？」

「我才想要說，今天就到此爲止。」

他笑起來，和我舉杯，並拿起他放在櫃檯上的一包香菸。我看著他。

「拜託，店門關著，我有權利抽根菸。妳自己都想抽根菸。」

他遞了一根菸給我。

「來吧，抽吧。」

我點燃我的菸，喝了一口酒，看著他。

「我變了嗎？」

「柯藍和克拉拉還在的時候，我也沒見過妳像這樣工作。現在妳竟然可以凡事自己來。」

「我想，重新建造我的人生就是要從『快樂的人』開始。我們很幸運擁有這個地方，不是嗎？」

「妳總不會因此變成工作狂吧？因爲如果是的話，我就要辭職。」

「無論如何，我總要讓這裡繼續經營下去。」

「妳是認眞的？」

「對。」

「那好……妳今天晚上和我一起出去玩嗎？」

「我不想。」

「妳別老是把自己關在家裡。」

「我答應你，有一天我會和你出去玩的。」

「妳應該跟大家認識認識，而且，我不曉得，也許妳也該有段新的感情。」

我就知道遲早得跟菲利斯招認。

「我想我是認識了一個男的，只是時機還嫌太早了一點。」

菲利斯嘆口氣。

「柯藍已經離開兩年了。」

「我知道。」

「妳眞是沒救，妳會變成老女孩的，養著一群貓。」

他搖著頭，從櫃檯跳出來。

「我要去尿尿。」

我點燃了一根菸。

他從廁所出來的時候，大叫著對我說：

「妳說妳認識了一個男的？」

「你的褲襠拉鍊沒拉上……」

「告訴我，那人是誰？他人在哪裡？我認識他嗎？」

「認識。」

「是愛德華！妳看上了那個愛爾蘭人。然後呢？我要聽細節。」

「沒什麼好說的。我簡單總結一句就是，和他在一起我很好，但我讓他很不好過。我可以說已經永遠失去他了。事情就停在這裡。」

「妳是不可能傷害人的，何況是像他那樣的人，這是不可能的。」

他把我抱在懷裡，抱得緊緊的，讓我喘不過氣來。他一向都是如此。

「說吧，告訴我你們之間到底發生了什麼事？」

「拜託，我寧願不談他。」

「為什麼？」

「因為我想念他。」

我更是緊緊地依偎在他懷中。

「幸好，妳沒把他裝在行李箱中帶回來。」

我哭了，也笑了，但心中一片哀戚。菲利斯撫慰了我好久，讓我終於平靜下來。

「快樂的人」準備要開張了，我自己則還沒完全準備好。我睡得很少，一方面感到很不安，另一方面又很亢奮。我最後檢查著咖啡廳，一切就緒，杯盤全部換新了，咖啡機煮出好咖啡，榨啤酒機也運作良好。吧檯發亮，書架上的書也是全新，就等著顧客上門。

選書的事，我讓菲利斯全權處理，因爲我已經太久沒留意文壇、出版界的動向。「我們也得選一些搖滾樂，我們有些顧客是爲此而來的。」他肯定地告訴我。我由他作主。他因此訂了恰克·帕拉尼克（Chuck Palahniuk）的書、歐文·威爾許（Irvine Welsh）的書，以及法國作家洛朗·貝托尼（Laurent Bettoni）最新出版的一本小說，書名叫做《塵世的身體》。菲利斯說：「這就好像是薩德侯爵寫了《危險關係》*一樣，但文字更爲現代。這讓我們的書單有些醜聞的味道。」我微笑了。

我打開店門，聽見了鈴鐺的聲音，就像從前這個聲音總讓克拉拉聽了很高興一樣。我閉起眼睛，但臉上帶著笑。第一位客人上了門，一天開始了。

菲利斯大約中午才到，抱來了一大把玫瑰和小蒼蘭，就像柯藍在開店時送給我

*譯註：此處應是作者記憶有誤，《危險關係》（Les Liaisons dangereuses）一書作者應是「皮埃爾·肖代洛·德拉克洛」（Pierre Choderlos de Laclos）。

的那把花一樣。他把花束給了我，然後脫下大衣，掛在衣架上。我找到了一個地方放花，便走到菲利斯身邊。我踮起腳尖，在他臉頰上印上一個吻。

「柯藍會爲妳感到驕傲的。」他對我說。

一整個禮拜日，我都在整理我的小套房。我已經在這裡住了十五天了，四周依然是紙箱和行李。套房很小，不過很適合我，我在其中覺得很安心。我在牆上掛上了柯藍和克拉拉的照片，讓他們隨時陪伴我。在衣櫃裡，我擺上了我的衣服，只有我的衣服。書架上放了我在愛爾蘭時讀的一些書。我也把柯藍送我的一臺咖啡機擺了出來，這臺咖啡機還是靠著菲利斯的忙才保存下來。

我只剩一個旅行袋要整理了。在旅行袋裡，有愛德華給我的那些照片。我抗拒不了看它的欲望，我席地而坐，看了起來。看著我們兩個人的影像，所有的回憶都浮上心頭。我常常想著愛德華，我很擔心他，我眞想知道他現在過得如何，在做什麼。眞想知道要是他知道我現在在工作，他會怎麼說。我更想知道他是不是會想我。我把照片收到一個盒子裡，再把盒子放進衣櫃最底層。我嘆口氣，放了音樂，走進了浴室。我讓水在身上流著，心裡想著明天又要開始一週的工作。我早上七點半起床，把雙腳放在地上，穿好衣服，到「快樂的人」開店。我有力量對客人微笑，對他們說話。我一定要成功，我沒有選擇。

太陽透過我房間的窗簾照了進來，陽光幫助我完成今天的任務。我已經回到巴黎一個月了，我只有往前走，不想再往後退了。我打開窗戶，我喝咖啡，我抽我第一根菸。

就像每天早上，我從後門走進「快樂的人」裡。不過，今天我在門口放了一張牌子，說今天會比較晚開門。

我去到花店，買了一大把白色的玫瑰花，抱在懷中。我走在路上。我認得路。走到他們墳前的時候，我深吸了一口氣。墳墓維持得很好，我取走大理石墓上幾片枯萎的花瓣，把我帶來的玫瑰花束放在上面。我蹲下來，撫摸著他們的名字。

「我的愛……我來了……我好想念你們……愛爾蘭很好，但如果有你們兩個一起來就更好了。克拉拉，如果妳知道……我和一隻好大的狗在海灘上玩，在沙子裡打滾。那隻狗好大，妳大概可以騎在牠背上，抱抱牠……媽媽愛妳。」

我擦掉臉頰上的眼淚。

「柯藍，我的愛……我太愛你了。我什麼時候才會準備好讓你離開呢？我本來差點可以做到的，但後來……我相信你會喜歡愛德華的……我在說什麼啊？是愛德華應該要討我喜歡的……」

我看著四周，擦掉我的眼淚，然後眼睛看著墳墓，把頭歪向一邊。

「我好愛你們兩個人……但我該走了，菲利斯在等我。」

我剛抵達我的文學咖啡廳，菲利斯人不在，不過，藍天一直都在，我閉上眼睛微笑。我現在能夠享受生活中的小樂趣，這已經比從前好多了。我摸了摸我的婚戒，有一天，我會把它取下來的。也許爲愛德華取下它。我聽見電話鈴聲響了，是該工作的時候了。在走進店裡以前，我看了招牌一眼。

「快樂的人」……

謝誌

感謝作家、教育家、先驅者洛朗．貝托尼（Laurent Bettoni）。謝謝你一直相信我，在你深思熟慮的目光下，一直推著我邁向自己的極致。因著你的緣故，我知道我想當個什麼樣的作家。

感謝最早在網路上按下鍵，讀了這本書的讀者。從二〇一二年十二月以來，你們是《快樂的人》這本書這場冒險的肇始者。

感謝 Michel Lafon 出版社，以及 Florian Lafani。謝謝你們尊重了我一路走來的經歷，並給予我充分的自由。

虛構 015 快樂的人看書並喝咖啡
Les gens heureux lisent et boivent du café
作者：阿涅伊絲・馬丹 - 呂崗 Agnès Martin-Lugrand
譯者：邱瑞鑾 | 出版者：愛米粒出版有限公司 | 地址：台北市 10445 中山北路二段 26 巷 2 號 2 樓 | 編輯部專線：（02）25622159 | 傳真：（02）25818761 | 【如果您對本書或本出版公司有任何意見，歡迎來電】 | 總編輯：莊靜君 | 編輯：黃毓瑩 | 企劃：林圃君 | 排版：張蘊方 | 校對：鄭秋燕、陳佩伶 | 印刷：上好印刷股份有限公司 | 電話：（04）23150280 | 初版：二〇一四年（民 103）六月一日 | 二刷：二〇一四年七月十五日 | 定價：260 元 | 總經銷：知己圖書股份有限公司 | 郵政劃撥：15060393 | （台北公司）台北市 106 辛亥路一段 30 號 9 樓 | 電話：（02）23672044／23672047 | 傳真：（02）23635741 | （台中公司）台中市 407 工業 30 路 1 號 | 電話：（04）23595819 | 傳真：（04）23595493 | 國際書碼：978-986-90385-3-9 | CIP：876.57 / 103005992 |

因為閱讀，我們放膽作夢，恣意飛翔—成立於 2012 年 8 月 15 日。不設限地引進世界各國的作品，分為「虛構」和「非虛構」兩系列。在看書成了非必要奢侈品，文學小説式微的年代，愛米粒堅持出版好看的故事，讓世界多一點想像力，多一點希望。來自美國、英國、加拿大、澳洲、法國、義大利、墨西哥和日本等國家虛構與非虛構故事，陸續登場。